Jörg von Uthmann
Volk ohne Eigenschaften

Jörg von Uthmann

Volk ohne Eigenschaften

Amerika und seine Widersprüche

Deutsche Verlags-Anstalt
Stuttgart

CIP-Titelaufnahme der Deutschen Bibliothek

Uthmann, Jörg von
Volk ohne Eigenschaften:
Amerika und seine Widersprüche/
Jörg von Uthmann
Stuttgart: Deutsche Verlags-Anstalt, 1988
ISBN 3-421-06478-4

Gesamtherstellung: Clausen & Bosse, Leck
Printed in Germany

Inhalt

Amerika – gibt es das überhaupt?

Über die Liebe, meinte Chamfort, könne man nichts vollkommen Unsinniges sagen. Das gleiche gilt für die Amerikaner: Alles, was über sie geschrieben wurde, ist richtig – aber das Gegenteil auch. Bedenkt man, aus wievielen Himmelsrichtungen die Amerikaner zusammengeströmt sind, so ist das nicht weiter verwunderlich. Seit 1820 – dem Jahr, in dem sie erstmals statistisch erfaßt wurden – sind 53 Millionen Einwanderer ins Land gekommen, davon 7 Millionen aus Deutschland, 5,3 Millionen aus Italien, 5 Millionen aus England und Schottland, 4,7 Millionen aus Irland, 4,2 Millionen aus Kanada, 3,4 Millionen aus Rußland, 2,6 Millionen aus Mexiko und 2,5 Millionen aus Skandinavien. Das verbleibende Drittel stammt aus so unterschiedlichen Ländern wie Ungarn und Polen, China und Japan, Kuba und den übrigen karibischen Inseln. Die Schwarzen – heute 27 Millionen – sind dabei noch nicht einmal berücksichtigt. Läßt sich über ein so bunt zusammengewürfeltes Volk wirklich etwas Allgemeingültiges sagen?

Vielleicht doch. Mit dem *American way of life* verbinden wir immerhin die Vorstellung von einem mehr oder minder scharf umrissenen Lebensstil. Man könnte ihn definieren als Konsumgesellschaft der unbegrenzten Möglichkeiten, als den Totalitarismus des Geldes oder als pausenlose Jagd nach dem Glück, die sogar den Segen der Verfassung genießt. Hier stehen wir jedoch sofort vor einem weiteren Dilemma: Die Symbole dieses *American way of life* – Supermärkte und Kreditkarten, Kaugummi und Coca-Cola, Pop-Musik und

Seifenopern – haben nach dem Zweiten Weltkrieg den Siegeszug über die ganze Welt angetreten. Das Pidgin-Amerikanisch der Hotelketten und Flughäfen ist in Bagdad ebenso anzutreffen wie in Pago-Pago. Das gilt auch für den Ostblock, wo man sich lange gegen das Eindringen der westlichen »Dekadenz« wehrte: In dem Theaterstück »Die neuen Leiden des jungen W.« läßt DDR-Autor Ulrich Plenzdorf seinen Helden Edgar Wibeau einen Hymnus auf Jazz und Jeans anstimmen. In einem der besseren Moskauer Hotels, wo man sich zum Tanzen noch fein macht, fiel mir ein junges Mädchen auf: Ihr üppiger Busen wogte unter einem T-Shirt mit der Aufschrift »Harvard University«. Selbst die traditionsbewußten Franzosen haben sich längst mit dem Unabwendbaren abgefunden: Auf den Champs-Elysées finden wir *drugstores* und amerikanische Schnellrestaurants; demnächst wird unweit von Paris die erste europäische Dépendance von »Disneyland« entstehen.

Wenn die amerikanische Lebensweise aber den ganzen Globus erfaßt hat – läßt sich dann Amerika noch als etwas Abgesondertes begreifen? Wenn *hippies* und *yuppies*, wenn *drop-outs* und *drug-addicts* auch in Butzbach und Wolfenbüttel zu finden sind, ja wenn sich sogar der Antiamerikanismus der europäischen Linken in amerikanischen Formen – als *go-in, sit-in, teach-in* – äußert, gibt es dann zwischen Westeuropa und Amerika überhaupt noch einen relevanten Unterschied? Soviel steht fest: Vieles von dem, was wir »amerikanisch« nennen, ist mittlerweile Gemeingut der Menschheit geworden. New York spielt heute dieselbe Rolle, die Rom zur Zeit des *Imperium Romanum* spielte oder Paris zur Zeit der *Belle Epoque*: Es ist Sündenbabel und Geschmacksrichter zugleich. Umgekehrt hat es Amerika stets verstanden, die Errungenschaften seiner Einwanderer zu absorbieren: Von den Franzosen übernahm es die Verfassung, von den Engländern das *Football*-Spiel, von den Italienern die Pizza, von den Deutschen das Bier und den Weihnachtsbaum.

Nicht anders als heute, haben die Vereinigten Staaten seit ihrer Gründung höchst gegensätzliche Urteile über sich ergehen lassen müssen. Die Unabhängigkeitserklärung mit ihrem Bekenntnis zur Gleichheit aller Menschen und zum Recht auf Leben, Freiheit und Glück löste unter den europäischen Liberalen eine Welle der Begeisterung aus. Als George Washington starb, hielt es sogar Napoleon – selbst nicht gerade das Muster eines Demokraten – für angezeigt, einen Tagesbefehl zu erlassen, in dem es hieß: »Der große Mann kämpfte gegen die Tyrannei; er brachte seinem Volk die Freiheit. Sein Andenken wird den Franzosen und allen freien Menschen auf ewig teuer sein.«

Bevor Nikolaus Lenau im Herbst 1832 vor der österreichischen Zensur nach Amerika floh, dichtete er das »Lied eines auswandernden Portugiesen«, das mit den Worten beginnt:

> Sei mir zum letztenmal gegrüßt,
> mein Vaterland, das, feige, dumm,
> die Ferse dem Despoten küßt
> und seinem Wink gehorchet stumm.

Das Gedicht schließt mit der Strophe:

> Du neue Welt, du freie Welt,
> an deren blütenreichem Strand
> die Flut der Tyrannei zerschellt,
> ich grüße dich, mein Vaterland!

Diese Sehnsucht nach der amerikanischen Freiheit ist bis heute überall dort lebendig geblieben, wo man auf sie verzichten muß. Kein Wunder, daß die Vereinigten Staaten unter den Deutschen niemals höher im Kurs standen als nach dem Ende der Hitler-Diktatur.

Daß sich Wirklichkeit und Ideal nicht unbedingt decken – diese enttäuschende Erfahrung mußte freilich schon Nikolaus Lenau machen. Sein Versuch, sich in Amerika niederzulassen, endete mit einem Fiasko. In seinen Briefen klagte er über die Eintönigkeit des Lebens und nannte die Amerikaner »himmelanstinkende Krämerseelen: Eine Niagarastimme gehört dazu, um diesen Schuften zu predigen, daß es noch höhere Dinge gebe, als die im Münzhause geschlagen werden«. In einem anderen Brief lesen wir: »Die Bildung der Amerikaner ist bloß eine merkantile, eine technische. Hier entfaltet sich der praktische Mensch in seiner furchtbarsten Nüchternheit.«

Der Vorwurf des Materialismus und der Unbildung ist den Amerikanern immer wieder gemacht worden. Clemenceau wird das böse Wort zugeschrieben, die Amerikaner seien das einzige Volk, das sich von der Barbarei zur Dekadenz fortentwickelt habe, ohne zwischendurch eine Kultur zu produzieren. 1982 richtete der französische Kultusminister Jack Lang auf einer internationalen Konferenz in Mexiko einen leidenschaftlichen Appell an die Völker der Welt, sich der Ausbreitung der amerikanischen Massenkultur zu widersetzen. Merkwürdig an diesem Appell war nur, daß am gleichen Tag Vertreter des französischen Staatsfernsehens und des amerikanischen Medienkonzerns ABC einen Vertrag unterschrieben, der den Franzosen den Genuß der Seifenoper »Dynasty« – in Deutschland heißt sie »Der Denver-Clan« – sicherte.

Der historische Einschnitt, mit dem sich das Bild Amerikas in Westeuropa verdüsterte, war der Vietnam-Krieg. In den Augen vieler Intellektueller zeigte sich der Hort der Freiheit zum erstenmal als imperialistischer Leviathan und beging damit einen unverzeihlichen Verrat an den Idealen seiner Gründerväter.

Daß Ho Chi Minh selbst nicht gerade ein Herold der Menschenrechte war und daß er sein Land wirtschaftlich verbluten ließ, störte die Demonstranten, die mit erhobener Faust seinen Namen skandierten, wenig. Das gleiche Schauspiel wiederholte sich mit Fidel Castro, Salvador Allende und Daniel Ortega: Nicht auf ihre eigene demokratische Legitimation kam es an, sondern nur darauf, daß sie Amerika bekämpften. Antiamerikanismus wurde *per se* zum Ausweis fortschrittlicher Gesinnung.

In vielem erinnert diese irrationale Haltung an den Antisemitismus der Nazizeit. Auch den Juden wurden damals finstere Pläne zur Erringung der Weltherrschaft angedichtet. Noch eine zweite Parallele drängt sich auf: Bekanntlich spielen bei Freud Vaterhaß und Ödipuskomplex eine kapitale Rolle. Wäre es nicht möglich, daß der Antiamerikanismus unserer Tage nichts anderes ist als eine kollektive Variante des gleichen Syndroms? Bedenkt man die nahezu vollständige Abhängigkeit der europäischen Sicherheit vom amerikanischen Schutz, so drängt sich der Vergleich mit einem Vater-Sohn-Verhältnis geradezu auf – freilich mit der Besonderheit, daß der Sohn nicht die mindeste Neigung verspürt, den Vater aus seiner Stellung zu verdrängen und die 300000 amerikanischen Soldaten in Europa durch eigene zu ersetzen.

Wie dem auch sei: Die europäische Presse liebt es, Amerika als Kreuzung von Obdachlosen und Sektenpredigern, von Mafia und Las Vegas zu porträtieren. Gewiß, alle diese Dinge gehören mit dazu. Aber wer nach Amerika kommt und seine Augen offen hält, wird bald feststellen, daß sie nur ein winziger Ausschnitt der Wirklichkeit sind. Ihm wird es vielleicht gehen wie Charles Dickens, der die Vereinigten Staaten 1842 mehrere Monate lang bereiste. Das Urteil, das uns aus seinen Briefen und seinem Buch »American Notes« entgegentritt, ist höchst widersprüchlich. Einerseits nennt er die Amerikaner »freundlich, großzügig, offenherzig, gastfrei, enthusiastisch, gutgelaunt, höflich zu Frauen, aufrichtig zu Fremden«. Andererseits gesteht er: »Ich glaube, es ist unmöglich, absolut unmöglich für einen Engländer, hier zu leben und glücklich zu sein.«

Auf den folgenden Seiten will ich versuchen, die Widersprüche Amerikas an einigen besonders markanten Beispielen darzustellen. Gemeint sind die Widersprüche zwischen altem Staat und jungem Volk, zwischen Weltmachtambitionen und provinzieller Einfalt, zwischen Freiheit und Konformismus, zwischen protzigem Reichtum und bitterer Not, zwischen puritanischem Lustverzicht und sexueller Libertinage, zwischen Spitzenforschung und Analphabetentum, zwischen Pragmatismus und Flucht vor der Wirklichkeit – oder, anders ausgedrückt: zwischen Wall Street und Hollywood. Was am Ende übrigbleibt, ist vielleicht die Formel, auf die Alain Resnais seine verwirrenden Eindrücke brachte. In seinem Film »Mon Oncle d'Amérique« heißt es: »Amerika gibt es gar nicht. Ich weiß es, denn ich war da.«

Eine Verfassung für Anarchisten

Amerika, so hört man oft, sei ein junges Land. Aber ist das wirklich wahr? Zwei Drittel der Staaten auf unserem Globus sind nach dem Zweiten Weltkrieg entstanden: Die Charta der Vereinten Nationen wurde 1945 von 52 Ländern unterzeichnet; heute drängen sich im Glaspalast am East River 159 Delegationen. Auch die meisten europäischen Staaten sind jünger als die USA, und selbst die älteren – wie Frankreich und Spanien, England und Rußland – haben erhebliche territoriale und konstitutionelle Veränderungen durchgemacht. Unter den geltenden Verfassungen ist die amerikanische die älteste.

In seinem klassisch gewordenen Buch »Über die Demokratie in Amerika« (1835–40) behauptet Alexis de Tocqueville, die Amerikaner seien nur an der Zukunft, nicht an der Vergangenheit interessiert. Diese Behauptung ist falsch. Ein Blick auf die Architektur der amerikanischen Hauptstadt hätte den französischen Historiker darüber belehren müssen, daß die Dinge hier doch ein bißchen verwickelter liegen. Warum tagt der Kongreß auf dem »Kapitol«, und warum nennt sich eines seiner beiden Häuser »Senat«? Warum steht in Nashville ein Parthenon-Tempel, der sich vom griechischen Original nur in einem einzigen Punkt unterscheidet? (Er ist besser erhalten.) Warum tragen die angesehensten studentischen Verbindungen Namen wie »Phi Beta Kappa« oder »Kappa Alpha«? Und warum schließlich gibt es soviele Orte, die sich Athens, Troy (Troja) und Carthage nennen? Die Antwort ist, daß die Gründer der Vereinigten Staaten echte Kinder der Aufklärung waren, die sich der griechischen Philosophie, der römischen *res publica* und dem architektonischen Schönheitsideal der Renaissance tief verbunden fühlten. Jeffersons von ihm selbst entworfenes Schlößchen Monticello in Charlottesville (Virginia) ist der vollkommene Ausdruck dieser Gesinnung.

Die ersten Siedler freilich ließen sich nicht von der Antike inspirieren, sondern von der Bibel. Die Pilgerväter, die am zweiten Weihnachtstag des Jahres 1620 von der »Mayflower« an Land gingen, wollten keine weltliche Kolonie gründen, sondern eine religiöse Gemeinschaft – das »neue Kanaan«. Bis heute sind alttestamentarische Vornamen gang und gäbe, und keineswegs nur unter frommen Juden. Als der Opernbariton Lawrence Tibbett seinen preisgekrönten Hühnern biblische Namen gab – eines hieß Tabitha, nach einer frühen Christin aus Jaffa, die von Petrus wieder zum Leben erweckt wurde –, lag ihm nichts ferner als Blasphemie. Noch einen Schritt weiter gingen die Mormonen: Da weder im Alten noch im Neuen Testament von Amerika die Rede ist, beschafften sie sich mit Hilfe eines Engels ein drittes Testament – das »Buch Mormon« –, das diesem bedauerlichen Versehen abhilft.

Touristen aus Europa, die sich zu einem Dinner in greller Freizeitkleidung einfinden, müssen sich auf eine unangenehme Überraschung gefaßt machen: Wenige Völker sind, was gesellschaftliche Formen angeht, traditionsbewußter als die Amerikaner. Frack und Smoking werden gern und häufig getragen. Bei den *commencements*, den Universitätsfeiern, bei denen die Diplome ausgehändigt werden, treten nicht nur die Professoren, sondern auch die Studenten im Talar auf. Noch immer werden heiratsfähige Mädchen mit einem aufwendigen *debutante ball* in die Gesellschaft eingeführt, auch wenn sie vielleicht ihre erste Abtreibung schon hinter sich haben. In den Vororten der großen Städte baut man, unbekümmert um Moderne und Postmoderne, weiterhin Häuser im Kolonialstil. Zu den meistbesuchten

Ausflugszielen gehören Williamsburg (Virginia) und Sturbridge (Massachusetts): Die koloniale Vergangenheit wurde hier nicht nur liebevoll rekonstruiert; Schmiede, Kerzendreher und andere Handwerker im historischen Kostüm sorgen obendrein dafür, daß sie vor unseren Augen lebendig aufersteht.

Patriotische Vereinigungen wie die 1783 gegründete »Society of the Cincinnati« oder der »Aztec Club« aus dem Jahre 1847 – die erste nimmt nur Nachfahren der Offiziere im Unabhängigkeitskrieg auf, die zweite nur Nachfahren der Teilnehmer am Krieg gegen Mexiko – können über mangelnden Zulauf nicht klagen. Die Opern- und Konzertsaison beginnt stets mit der Nationalhymne, in die die Zuhörer aus vollem Halse einstimmen – und nicht nur, um später den Enkeln erzählen zu können, sie hätten in der Met gesungen.

Am höchsten unter ihren nationalen Symbolen steht den Amerikanern die Flagge. Billy Graham hat ihre Bedeutung so umschrieben: »Sie ist, was die Schwarzen mit dem Wort *soul* meinen. Sie ist wie die Königin von England. Die Flagge ist unsere Königin.« Das Museum of Modern Art in New York zögerte lange, eines der berühmten Flaggenbilder von Jasper Johns zu erwerben: Die Kuratoren befürchteten, das Publikum werde die Verfremdung eines nationalen Heiligtums als Sakrileg empfinden.

Unter europäischen Beobachtern gilt es als ausgemacht, daß die Wahl Ronald Reagans zum Präsidenten nach dem verlorenen Vietnam-Krieg und den Jahren des ins Wanken geratenen Selbstbewußtseins eine Rückkehr dieser patriotischen und konservativen Grundströmung signalisierte. Fast alle Kommentatoren haben Reagans Sieg als dramatischen Rechtsruck, als Triumph von Fundamentalisten und Reaktionären hingestellt. Als Reagan nach der Iran-Contra-Affäre bei seinen Landsleuten in Ungnade fiel, beeilten sich die gleichen Kommentatoren, eine abermalige Tendenzwende, einen Rückschlag des Pendels nach links zu diagnostizieren. Ganz so einfach ist die Sache jedoch nicht.

Gewiß, der hochgemute Schwung von Roosevelts »New Deal« und Johnsons »Great Society« ist dahin. Es stimmt auch, daß es den Republikanern dank der fundamentalistischen Prediger gelungen ist, in den Südstaaten, wo sie seit dem Bürgerkrieg nichts mehr zu melden hatten, wieder Fuß zu fassen. Andererseits darf man nicht übersehen, daß Reagan – wie die meisten Präsidenten vor ihm – nur von einer Minderheit gewählt wurde: Die höchste Wahlbeteiligung der Nachkriegszeit lag bei 63 Prozent; das war im Jahre 1960, als beide Parteien alle Kräfte für das Duell zwischen John F. Kennedy und Richard Nixon mobilisierten. 1980 gingen 54 Prozent der Erwachsenen zur Urne; 1984 waren es 53,3 Prozent. Ronald Reagan wurde also nur von 27,8 (1980) respektive 31,6 Prozent (1984) aller Stimmberechtigten gewählt. Aus diesem knappen Drittel Rückschlüsse auf den Gemütszustand der gesamten Nation zu ziehen, ist riskant.

Im übrigen läßt sich Reagans Wahl von 1980 auch ohne spekulative Höhenflüge leicht begreifen – nämlich als Mißtrauensvotum gegen Jimmy Carter, als Protest gegen die höchste Inflationsrate der Nachkriegszeit (13,3 Prozent) und eine als unzumutbar empfundene Steuerlast, die 1978 in Kalifornien sogar zu einer regelrechten »Steuerrevolte« führte. Die demütigende Besetzung der amerikanischen Botschaft in Teheran fiel Reagan zusätzlich als Wahlschlager in den Schoß. Auch für seine Wiederwahl 1984 gibt es handfeste wirtschaftliche Gründe: Die Inflationsrate war auf 4,8 Prozent gesunken. Allein im Wahljahr stieg das Pro-Kopf-Einkommen um fast 6 Prozent.

Umfragen lassen erkennen, daß in Amerika – nicht anders als in Europa – der radikale Idealismus der sechziger Jahre verflogen ist. Bei den mittlerweile Vierzigjährigen, die 1968 auf der Barrikade standen, hat sich das Interesse von der Verbesserung der Welt deutlich auf die Verbesserung der persönlichen Lebensumstände verlagert. An die Stelle abstrakter Werte sind Fitneß und gutes Essen, Hauskauf und

Urlaubsreisen getreten. Kurz: Aus der *Woodstock generation* ist die *Me generation* geworden. Bei einer Erhebung, die »Time« im Frühjahr 1986 unter Angehörigen dieser Altersgruppe vornehmen ließ, bezeichneten sich 21 Prozent der Befragten als »liberal« (was in Amerika soviel wie »links« bedeutet) und 41 Prozent als »konservativ«. Der weltanschauliche Wandel springt ins Auge, wenn man diese Zahlen mit denen von 1968 vergleicht: 31 und 28 Prozent.
Sieht man von dieser weltweiten Langzeitentwicklung ab, so zeigen die Statistiken ein eher diffuses Bild. 1982 sprachen sich 30 Prozent für ein stärkeres soziales Engagement der Regierung aus; 1986 war der Prozentsatz der Anhänger des Wohlfahrtsstaats auf 41 gestiegen. 51 Prozent der Befragten waren allerdings auch 1986 noch der Ansicht, der Staat schaffe mehr Probleme, als er löse. Eine Erhöhung des Verteidigungsetats wünschten 1981 71 Prozent; zwei Jahre später waren es nur noch 14 Prozent. Daraus den Schluß zu ziehen, die Mehrheit der Amerikaner lehne das Wettrüsten grundsätzlich ab, wäre jedoch falsch: 1986 traten 57 Prozent dafür ein, die Atomwaffen dem jeweiligen Stand des technischen Fortschritts anzupassen. Wie sich das Tauwetter in der Sowjetunion und die sich anbahnende Abrüstung auf die öffentliche Meinung auswirken werden, bleibt abzuwarten.
Von einer Rückkehr zu den Werten des viktorianischen Zeitalters, wie sie die Fernseh-Evangelisten predigen, wollen selbst die Konservativen nichts wissen: Jerry Falwell und seine »Moral Majority« werden nur von 16 Prozent der Amerikaner günstig beurteilt. Bei einer Ende 1987 veranstalteten Umfrage sprachen sich 88 Prozent für das Recht der Frau auf Abtreibung aus, davon 39 Prozent ohne jede Einschränkung, 49 Prozent bei Vorliegen bestimmter medizinischer oder sozialer Indikatoren. Ähnliche Ergebnisse erbrachten Erhebungen zu zwei weiteren Lieblingsthemen der christlichen Saubermänner – dem Kampf gegen die Pornographie und der Wiedereinführung des Schulgebets.

Wie kann man diese gegenläufigen Tendenzen unter einen Hut bringen? Vielleicht so: In wirtschaftlichen Fragen denkt die Mehrheit der Amerikaner konservativ, in ethischen liberal. Für die Republikanische Partei liegt hier ein Dilemma: Sie darf es mit keinem ihrer beiden wichtigsten Klienten – weder mit *Big Business* noch mit dem *Bible Belt* – verderben.

Dieser Widerspruch tritt nirgends deutlicher zutage als in der Person von Ronald Reagan. Ja, es ist sogar die Frage erlaubt, wieweit er selbst die Überzeugungen seiner doktrinären Gefolgsleute teilt. Daß viele Konservative von seiner Amtsführung bitter enttäuscht sind, ist kein Geheimnis. Tatsächlich besteht in Washington zwischen Worten und Taten ein sehr erheblicher Unterschied. In ihrer Sozial- und Wirtschaftspolitik hat die Reagan-Administration vielfach genau das Gegenteil von dem getan, was sie vorher angekündigt hatte. Die – für europäische Begriffe durchaus bescheidenen – sozialen Errungenschaften, die Roosevelt und Johnson den Amerikanern bescherten, wurden zwar hie und da gestutzt, aber im Kern nicht angetastet. Statt des versprochenen Haushaltsausgleichs wurden die Staatsschulden in nie dagewesene Höhen katapultiert – eine Politik des *deficit spending*, die man eher mit dem Namen Keynes und sozialistischen Regierungen in Verbindung bringen würde als ausgerechnet mit der Partei des amerikanischen Großkapitals. Zu Schulgebet, Abtreibung und Pornographie war aus Washington zwar manches markige Wort zu vernehmen; geschehen ist jedoch nichts.

In einem Punkt sind sich alle Amerikaner einig – unabhängig davon, was sie sonst politisch trennt: in ihrer geradezu religiösen Ehrfurcht vor der Verfassung. Die geräuschvollen Jubiläumsfeiern, die 1987 überall im Lande abgehalten wurden, waren nicht nur Angelegenheit einer Handvoll Protokollbeamter und Juristen, sondern populäre Feste. Daß die erste dieser Feiern im Beisein von Warren Burger, dem Präsidenten des Obersten Gerichts, in der *Disney World* stattfand, paßt durchaus ins Bild. Die Verfassung ist für die Amerikaner nicht irgendeine verstaubte Urkunde, sondern ein selbstverständlicher Teil ihres täglichen Lebens. Jeder Erwachsene weiß, daß seine Meinungsfreiheit im ersten *amendment* verbürgt ist und daß *taking the Fifth* die Inanspruchnahme des fünften Verfassungszusatzes bedeutet – die Verweigerung einer Aussage, die den Zeugen selbst belasten könnte.

Überspielt wurde bei dem Rummel freilich, daß sich die Interpretation der Verfassung in den zweihundert Jahren, die sie auf dem Buckel trägt, grundlegend geändert hat. Ihre Schöpfer waren alles andere als in der Wolle gefärbte Demokraten; sie würden vermutlich die Hände über dem Kopf zusammenschlagen, wenn sie sähen, wofür das von ihnen in die Welt gesetzte Dokument heute herhalten muß. »Eine Demokratie«, schrieb John Adams, der Nachfolger George Washingtons im Amt des Präsidenten, »hält sich nicht lange. Sie verkümmert, siecht dahin und bringt sich schließlich selbst ums Leben. Bisher hat noch jede Demokratie Selbstmord begangen.« Bezeichnend ist, daß die Grundrechte nicht in der Verfassung verankert sind, sondern in der »Bill of Rights«, die erst vier Jahre später in Kraft trat. Bis 1925 vertrat das Oberste Gericht die Ansicht, daß die »Bill of Rights« die Einzelstaaten nicht binde. Daß die Grundrechte nicht für die Schwarzen gelten, war den Verfassungsvätern ohnehin selbstverständlich. Thomas Jefferson, Autor der Unabhängigkeitserklärung und dritter Präsident der USA, war Herr über zweihundert Sklaven. Benjamin Franklin, der die Verfassung für den Staat Pennsylvania unterschrieb, nannte den Schwarzen »ein Tier, das so viel wie möglich frißt und so wenig wie möglich arbeitet«. Die Einfuhr von Sklaven blieb bis zum Jahre 1808 erlaubt.

Aber auch die weiße Bevölkerung sollte keineswegs unbeschränkt an der politischen Macht teilhaben. »Die Leute, denen das Land gehört«, pflegte John Jay, der erste Präsident des Obersten Gerichts, zu sagen, »sollen es auch regieren.«

In seinem epochemachenden Werk »An Economic Interpretation of the Constitution of the United States« (1913) hat der Historiker Charles A. Beard nachgewiesen, daß sich die Väter der Verfassung nicht von uneigennützigen Idealen leiten ließen, sondern von egoistischen Klasseninteressen: Das berühmte Prinzip der *checks and balances*, die ins Extrem getriebene Gewaltenteilung, sollte sicherstellen, daß das Eigentum der wohlhabenden Grundbesitzer und Geschäftsleute auch von einer Mehrheit der Bevölkerung nicht angetastet werden konnte. 1798 gelang es den Föderalisten im Kongreß sogar, einige Grundrechte wieder außer Kraft zu setzen: Der berüchtigte *Sedition Act* sollte dazu dienen, ihre politischen Gegner mundtot zu machen. Auch davon war bei den Gedenkfeiern von 1987 natürlich nicht die Rede.

Am verhängnisvollsten hat sich das System der *checks and balances* auf die Kohärenz der amerikanischen Politik, vor allem der Außenpolitik, ausgewirkt. Während die beiden anderen Erbsünden der Verfassung – die Rechtlosigkeit von Schwarzen und Frauen – durch tätige Reue inzwischen abgebüßt wurden, wollen sich die Amerikaner auch nicht durch Staatskrisen wie die Watergate- und Iran-Contra-Affäre darüber belehren lassen, daß ihre Art der Gewaltenteilung mit der Stellung einer Weltmacht unvereinbar ist. Als George Bernard Shaw 1932 die USA besuchte, hielt er in der Metropolitan Opera einen Vortrag. Bei dieser Gelegenheit sagte er: »Wer die amerikanische Verfassung untersucht, findet, daß es sich in Wahrheit nicht um eine Verfassung handelt, sondern um eine Charta der Anarchie. Sie ist keine Regierungsordnung, sondern eine Garantie dafür, daß das amerikanische Volk niemals regiert werden kann. Und das ist genau, was die Amerikaner wollen.«

Auch wenn man Shaws Neigung zum Paradox und zum überspitzten Bonmot in Rechnung stellt – hier hat er den Nagel auf den Kopf getroffen. Der Konflikt zwischen Ronald Reagan und dem Kongreß, wie er in den theatralischen *hear-*

ings über die Geschäfte mit Mullahs und »Contras« zum Ausdruck kam, war keineswegs ein beklagenswerter Einzelfall, sondern Symptom einer tiefsitzenden Dauerkrise. Ja, man kann sogar sagen, daß so gut wie alle Präsidenten gegen die Verfassung verstoßen haben – aus dem einfachen Grund, weil sie sonst nicht hätten regieren können. Das galt besonders dann, wenn Präsident und Kongreßmehrheit verschiedenen Parteien angehörten. In dieser schwierigen Lage, die zur *cohabitation* zwischen François Mitterrand und Jacques Chirac manch interessante Parallele aufweist, haben sich sämtliche republikanischen Präsidenten der Nachkriegszeit befunden. Nur Eisenhower und Reagan konnten sich zu Beginn ihrer Amtsperiode auf eine republikanische Senatsmehrheit stützen; im Repräsentantenhaus geben die Demokraten ohnehin seit 1955 den Ton an. Die Versuchung, den Kongreß zu übergehen und statt dessen mit einem verschwiegenen »Küchenkabinett« zu regieren, war deshalb gerade für republikanische Präsidenten nahezu unwiderstehlich. Man ist versucht, die amerikanische Verfassung mit der des Zarenreichs zu vergleichen, die ein bekanntes Witzwort als *monarchie absolue modérée par le régicide* beschrieb. In Amerika ist an die Stelle des Zarenmordes, der von Zeit zu Zeit Fortschritte möglich machte, der Verfassungsbruch getreten.

Wer für die Außenpolitik eigentlich zuständig ist, wird von der Verfassung nicht klar gesagt. Zu der langen Liste, die die Befugnisse des Kongresses im einzelnen aufführt, gehört das Recht, Krieg zu erklären und den Handelsverkehr »mit fremden Völkern und den Indianerstämmen« zu regeln. Noch wortkarger ist die Verfassung hinsichtlich der Aufgaben des Präsidenten. Er ist Oberbefehlshaber der Streitkräfte und darf, mit Zustimmung des Senats, völkerrechtliche Verträge abschließen und Botschafter ernennen. Als George Washington im April 1793 Amerikas Neutralität im Krieg zwischen England und Frankreich proklamierte, wurde ihm von James Madison, Thomas Jefferson und anderen vorgehalten, er hätte dies nur mit Zustimmung des Kongresses tun dürfen. Als Jefferson selbst im Weißen Haus saß, ließ er sich freilich neun Monate Zeit, bevor er den Kongreß über die von ihm eingeleiteten militärischen Maßnahmen gegen die libyschen Piraten unterrichtete, die die Schiffahrt im Mittelmeer unsicher machten. Auch der Kauf von Louisiana, der das amerikanische Staatsgebiet mit einem Schlag verdoppelte, wurde von Jefferson ohne Rückendeckung des Kongresses getätigt. Erst nachdem der Vertrag unterschrieben und der Kaufpreis bezahlt war, genehmigte der Senat widerstrebend die Transaktion.

1846 schickte Präsident Polk Soldaten in das von den USA beanspruchte mexikanische Grenzgebiet. Da sich die Mexikaner wehrten, blieb dem Kongreß nichts anderes übrig, als das präsidentielle Vorgehen nachträglich zu sanktionieren und Mexiko den Krieg zu erklären. Ähnlich verfuhr Abraham Lincoln 1861 beim Ausbruch des Bürgerkrieges: Nach dem Angriff auf Fort Sumter erklärte er die Südstaaten zu »Insurgenten« und begann, ohne den Kongreß zu fragen, mit der Aushebung von Truppen. Angesichts der drohenden Spaltung des Landes überließen ihm die Abgeordneten widerstandslos das Feld. Daß sie damit keineswegs ein für allemal auf ihr außenpolitisches Mitspracherecht verzichtet hatten, wurde nach dem Ersten Weltkrieg deutlich: Indem sie die Ratifizierung des Versailler Vertrages und den Eintritt in den Völkerbund verweigerten, entschieden sie sich gegen die von Präsident Wilson propagierte internationale Friedensordnung und für die Rückkehr zum Isolationismus.

Nach Ausbruch des Zweiten Weltkrieges stellte Präsident Roosevelt – ungeachtet der amerikanischen Neutralität – den Engländern fünfzig amerikanische Zerstörer zur Verfügung. Den immer noch von Isolationisten beherrschten Kongreß beteiligte er nicht. Der Kriegseintritt wurde den USA durch den japanischen Überfall auf Pearl Harbor und die deutsche Kriegserklärung förmlich aufgenötigt. Andernfalls hätte Roosevelt wohl Mühe gehabt, sich mit seiner Konfrontationspolitik beim Kongreß durchzusetzen. Auch die Entsendung amerikanischer Truppen nach Korea geschah ohne Mitwirkung des Kongresses. Präsident Truman rechtfertigte sein Vorgehen mit der Begründung, es handle sich nicht um einen Krieg, sondern eine von den Vereinten Nationen beschlossene »Polizeiaktion«. Für das Eingreifen in Vietnam versicherte sich Präsident Johnson zwar der Unterstützung des Kongresses. Doch verstand die Mehrheit der Abgeordneten die maßgebende *Tonkin Gulf Resolution* vom 7. August 1964 lediglich als Ermächtigung zu begrenzten Vergeltungsschlägen. Johnson hingegen deutete sie als »faktisches Äquivalent einer Kriegserklärung«.

1973 eroberte der Kongreß das verlorene Terrain wieder zurück. Der *War Powers Act*, den er gegen das Veto des durch die Watergate-Affäre geschwächten Präsidenten Nixon durchdrückte, gestattet dem Pentagon militärische Maßnahmen nur für die Dauer von sechzig Tagen; danach muß der Kongreß zustimmen. Ein Jahr später folgte der *Budget and Impoundment Act*. Mit ihm weitete der Kongreß seine Kontrolle über den Haushalt der Regierung erheblich aus – einschließlich der Möglichkeit, sie durch Verweigerung von Mitteln in die Knie zu zwingen. Seitdem die Republikaner 1986 ihre Senatsmehrheit verloren haben und das Ansehen des Präsidenten durch die Iran-Contra-Affäre schwer gelitten hat, ist eine konsequente Außenpolitik in Washington kaum noch möglich. Nichts machte das Durcheinander anschaulicher als die einander diametral zuwiderlaufenden Versuche, mit dem Bürgerkrieg in Nicaragua zu Rande zu kommen: Während Präsident Reagan direkte Gespräche mit den Sandinisten von bestimmten Vorbedingungen abhängig machte, traf der Sprecher des Repräsentantenhauses, Jim Wright, in der Washingtoner Vatikan-Botschaft mit Daniel Ortega, dem Chef der nicaraguanischen Junta, ohne Vorbedingungen zusammen.

Dafür, daß er der Administration in den Rücken gefallen

war, mußte Wright manch herben Tadel einstecken. Ob er ihn verdiente, ist eine andere Frage. Er hätte sich auf bedeutende Vorbilder berufen können – etwa Senator William Fulbright, der Präsident Ford 1975 zur Preisgabe Südvietnams und Kambodschas zwang. Vor allem hätte er sich auf den »Federalist« berufen können – jene Sammlung politischer Essays, die vom Sommer 1787 bis zum Frühjahr 1788 unter dem Pseudonym »Publius« in verschiedenen New Yorker Zeitungen erschienen und deren Zweck es war, den Amerikanern die neue Verfassung schmackhaft zu machen. Im »Federalist«, der wichtigsten Quelle für die Motive der Verfassungsgeber, wird das Neben- und Gegeneinander verschiedener Kräfte geradezu als Inbegriff der Demokratie gepriesen: »Ehrgeiz soll durch Ehrgeiz konterkariert werden... Man mag es als Urteil über den menschlichen Charakter ansehen, daß solche Vorkehrungen nötig sind, um Mißbräuche der Regierung zu verhindern. Aber was ist denn eine Verfassung anderes als ein Urteil über den menschlichen Charakter im großen? Wenn die Menschen Engel wären, dann wäre jede Regierung überflüssig.« Das tiefe Mißtrauen gegenüber dem Staat, das sich hierin ausspricht, auch gegenüber einem demokratisch legitimierten, ist unter den Amerikanern bis heute lebendig geblieben. Rousseaus Vorstellung, die Freiheit des einzelnen gehe in der Souveränität des Volkes auf, der Wille der Mehrheit habe demnach als der Wille der Gesamtheit zu gelten, ist der amerikanischen Verfassung fremd.

Es hat freilich immer wieder Versuche gegeben, diesen anarchischen Standpunkt, der sich aus dem Kampf gegen die britische Krone erklärt, zu überwinden. In seinem Erstlingswerk »Congressional Government« (1885) macht sich der neunundzwanzigjährige Woodrow Wilson zum Anwalt einer parlamentarischen Verfassung nach britischem Muster. Er kritisiert »die gewaltsame und unnatürliche Trennung von Legislative und Exekutive« und »die Usurpation der Macht durch einen Kongreß, der für seine Handlungen praktisch nicht zur Verantwortung gezogen werden kann«. Auch der ehemalige Außenminister Acheson stöhnte: »Das schwierigste Problem, mit dem ich fertigwerden mußte, war: Wie leitet man in unserem Atomzeitalter die Geschicke einer Weltmacht mit der Verfassung einer Bauernrepublik des achtzehnten Jahrhunderts?«

Erschwerend kommt hinzu, daß den meisten Abgeordneten das Ausland ein Buch mit sieben Siegeln ist. Politik ist in Amerika Innen-, um nicht zu sagen: Lokalpolitik. Schon die farblose Bezeichnung »State Department« zeigt, daß der Kongreß ein Ministerium, das das Ausland im Namen führte, nicht wünschte. Im neunzehnten Jahrhundert hat er immer wieder versucht, die Zahl der ständigen Gesandtschaften auf drei (in London, Paris und Petersburg) zu beschränken und im übrigen die auswärtigen Beziehungen durch *roving ministers* wahrnehmen zu lassen, die bei Bedarf an den jeweiligen Krisenherd geschickt werden sollten.

Auch wenn der Isolationismus in seiner klassischen Form heute keine ernstzunehmende Kraft mehr darstellt – von einigen Sonderfällen (vor allem Israel) abgesehen, löst das Ausland bei den meisten Abgeordneten Gefühle aus, die zwischen Unbehagen und Gleichgültigkeit schwanken. Daß der Kongreß 1985 den amerikanischen Beitrag für die Vereinten Nationen aus heiterem Himmel halbierte, ist nur ein Beispiel unter vielen für die souveräne Verachtung des Völkerrechts, wenn es den Kirchturmpolitikern auf dem Kapitol nicht in den Kram paßt.

Aber nicht nur in der Außenpolitik erweist sich die Verfassung als Hemmschuh. »Unser Regierungssystem«, schrieb unlängst der ehemalige Planungschef des State Department und Botschafter in Moskau, George Kennan, »funktioniert schlecht, und zwar gerade auf den Gebieten, von denen die Zukunft unseres Landes abhängt. Betroffen sind vor allem die Probleme, die sich nur langfristig lösen lassen: Umweltschutz, Einwanderung, Drogensucht, nukleare Abrüstung.«

Im Bericht einer Reformkommission, zu deren Initiatoren

unter anderem Kennedys Finanzminister Dillon gehörte, lesen wir: »Die durch die Erfahrung des achtzehnten Jahrhunderts geprägte Gewaltenteilung hat im zwanzigsten Jahrhundert wiederholt zur Lähmung des Regierungsapparats geführt und zur Unfähigkeit, auch zu dringenden Problemen rasche Entscheidungen zu treffen.«

Den Amerikanern ist passiert, was die Engländer mit ihrer Industrie erlebten: 1787 war ihre Verfassung der *dernier cri* der politischen Wissenschaft, das Meisterstück der französischen Aufklärung. Heute ist sie ein alter Hut. Der Konsens zwischen Exekutive und Legislative mochte in dem überschaubaren Gemeinwesen, das sich vom britischen Mutterland losgerissen hatte, leicht herstellbar sein. Der in die Jahre gekommenen Weltmacht fällt er zunehmend schwer. Dennoch sind die Aussichten gering, daß die Amerikaner ihre Verfassung ändern. Sie ist längst zu einem mythischen Dokument geworden, das sich rationalen Erwägungen entzieht. Die von guten Absichten beseelten Reformer gleichen ein wenig jenen Sektierern, die sich auf der Jagd nach dem wassergetriebenen Motor oder dem Perpetuum mobile verzehren. Auf absehbare Zeit werden die Amerikaner weiterhin Benzin tanken müssen.

Lachender Dritter im Konkurrenzkampf zwischen Kapitol und Weißem Haus ist der *Supreme Court*, das Oberste Gericht in Washington. Seine Macht ist seit seiner Gründung 1789 ständig gewachsen. Dabei kommt den Richtern zugute, daß sie – anders als der Präsident und die Abgeordneten – von keiner Wiederwahl abhängig sind, sondern auf Lebenszeit ernannt werden. In den letzten Jahrzehnten sind Aufgaben, die eigentlich von der Legislative wahrgenommen werden müßten, in steigendem Umfang der Justiz zugefallen. Das gilt vor allem für die bahnbrechenden Urteile, die die Bürgerrechte und die Stellung der Frau revolutionierten: Mit »Brown versus Board of Education of Topeka« (1954) hob der *Supreme Court* die Rassentrennung auf; mit »Roe versus Wade« (1973) legalisierte er die Abtreibung.

Vergeblich haben sich Präsident und Kongreß den allmächtigen Richtern zu widersetzen versucht: Franklin D. Roosevelt drohte, nachdem der *Supreme Court* die ersten *New Deal*-Gesetze annulliert hatte, die Richterstellen zu vermehren und mit seinen Gefolgsleuten zu besetzen. Der schlaue Plan mißlang ebenso wie der Versuch von hundert Südstaaten-Abgeordneten, den Gerichtspräsidenten Earl Warren nach dem »Brown«-Urteil wegen angeblicher Rechtsbeugung seines Postens zu entheben. Kein Wunder, daß der Kampf um die Besetzung freigewordener Richterstellen von beiden Seiten mit äußerster Härte geführt wird. Wäre es Präsident Reagan 1987 gelungen, seinen Kandidaten Robert Bork durchzudrücken, dann hätte dies die hauchdünne Mehrheit, die für eine extensive Auslegung der richterlichen Befugnisse eintritt, vermutlich in ihr Gegenteil verkehrt.
Wäre es denkbar, daß sich die Amerikaner an den alten Traditionen – an Verfassung und Flagge, an *commencement* und *debutante ball* – deshalb so eisern festklammern, weil es mit ihrem persönlichen Uradel nicht gerade zum besten steht? Auch Napoleon pflegte seinen unglücklichen Vorgänger Ludwig XVI., mit dem er keinen Tropfen Blut gemein hatte, *mon pauvre oncle* zu nennen. Gewiß, als Staat gehören die USA zu den ältesten der Welt. Aber nur die wenigsten Amerikaner können sich auf Ahnen berufen, die im Unabhängigkeitskrieg mitgekämpft haben. Die weitaus meisten sind entweder selbst eingewandert oder stammen von Emigranten ab, die vor einer, zwei oder, wenn es hochkommt, vor drei Generationen ins Land kamen. Noch immer wandern in die USA Jahr für Jahr mehr Menschen ein als in alle übrigen Länder der Erde zusammengenommen. Ein alter Staat und ein junges, sich ständig erneuerndes Volk – hierin liegt eine der Paradoxien Amerikas, die man sich klarmachen muß, um die Politik dieses Landes zu verstehen.

Heimweh nach dem Wilden Westen

Die Ehrfurcht, die die Amerikaner ihrer Verfassung entgegenbringen, erstreckt sich keineswegs auf ihre gesamte Vergangenheit. Nicht zu Unrecht hat man die USA als Wegwerfgesellschaft bezeichnet. Die Amerikaner finden nichts dabei, alte, auch kunsthistorisch wertvolle Häuser abzureißen und durch neue zu ersetzen. Der Denkmalsschutz, soweit er nicht Bundeseigentum betrifft, ist eine Sache, die sich erst in den letzten Jahrzehnten entwickelt hat. Unter Umständen werden, wenn die Goldmine oder die Ölquelle versiegt ist, ganze Städte im Stich gelassen. Einige dieser *ghost towns* sind inzwischen Touristenattraktionen geworden. Ziemlich dürftig steht es auch mit der Kenntnis der Geschichte des eigenen Landes: Zwar werden die Schlachtfelder des Bürgerkrieges von riesigen Menschenmengen überschwemmt; den Krieg chronologisch richtig einordnen – dies enthüllte eine im September 1987 veröffentlichte Studie – können unter hundert Oberschülern jedoch nur 32. Ein Drittel der Befragten glaubte, Amerika sei erst nach 1750 entdeckt worden. 36 Prozent waren der Meinung, die Watergate-Affäre habe sich vor 1950 zugetragen; 20 Prozent verlegten sie ins neunzehnte Jahrhundert.
Ganz falsch wäre es vor allem, den Respekt vor der Verfassung mit dem Respekt vor der Obrigkeit gleichzusetzen. Die deutsche Tradition des Beamtenstaates, der seine hoheitlichen Aufgaben – eine Frucht des Bündnisses von Thron und Altar – mit quasi-religiöser Weihe ausübt, ist den Amerikanern fremd. Die Gewissensqualen der Verschwörer

vom 20. Juli wegen des dem »Führer« geleisteten Eides haben sie nie begriffen. Im Gegenteil: Das Mißtrauen gegen *Big Government* ist tief in ihnen verwurzelt; in Ronald Reagans Wahlkampagne von 1980 war es eines seiner zugkräftigsten Argumente. Personalausweise und polizeiliche Meldepflicht sind in Amerika unbekannt. Fast ebenso unbekannt ist auch die amtliche Förderung kultureller Einrichtungen. Keinem amerikanischen Filmemacher würde es in den Sinn kommen, von seiner Regierung »Staatsknete« wie ein Grundrecht einzufordern. Zwar gibt es seit 1965 das *National Endowment for the Arts*; doch sind seine Subventionen lächerlich gering: Die Unterstützung der öffentlichen Hand für das sogenannte »Public Theater« in New York beläuft sich – um nur ein Beispiel zu nennen – auf 15 Prozent seines Etats. Verglichen mit den 80 Prozent, die deutsche Bühnen einstreichen, ist das wenig mehr als ein Almosen.

Gewiß, die Ultras, die Franklin D. Roosevelt für einen Kommunisten halten und die Sozialversicherung für eine Erfindung des Teufels, sterben allmählich aus. Dennoch ist den meisten Amerikanern das Konzept des Wohlfahrtsstaates immer noch unbehaglich. Bis heute gibt es in Washington kein Wirtschaftsministerium – das röche allzusehr nach Fünfjahresplan, Kolchose und VEB. Ja, selbst die Erhebung von Einkommenssteuern galt bis ins zwanzigste Jahrhundert hinein als widerrechtlicher Eingriff in das Privateigentum; erst ein Verfassungszusatz gab der Bundesregierung 1913 den Weg hierzu frei. »Das amerikanische Volk«, erläuterte der Rheinländer Carl Schurz, der es 1877 zum amerikanischen Innenminister brachte, seinem Gesprächspartner Otto von Bismarck, »hätte kaum soviel Selbstvertrauen und Fortschritt entwickeln können, wenn an jeder Pfütze ein Geheimrat oder Schutzmann gestanden hätte, um die Leute davor zu bewahren, hineinzutreten.«

Daß sich die Amerikaner schließlich doch zum Berufsbeamtentum bequemten, war die Folge eines Attentats. Als

Thomas Jefferson ins Weiße Haus einzog, hatte er sich noch mit einem einzigen Sekretär begnügt, den er aus seiner eigenen Tasche besoldete. 1829 führte Präsident Jackson die Günstlingswirtschaft, das berüchtigte *spoils system* ein: Mit dem Amtsantritt eines Präsidenten wechselte auch der gesamte administrative Unterbau. »Die Aufgaben eines Beamten sind so klar und einfach«, verkündete Jackson in seiner ersten Botschaft an den Kongreß, »daß sie jeder intelligente Mensch wahrnehmen kann. Ich bin davon überzeugt, daß die Lebenserfahrung mindestens ebenso schwer wiegt wie eine lange Dienstzeit.« Nach diesem Rezept wurde fortan verfahren: Nicht auf Sachverstand und berufliche Eignung kam es an, sondern auf Zahlungskraft und Parteiverbindungen.

Am 2. Juli 1881 wurde Präsident Garfield von einem enttäuschten Wahlhelfer namens Charles Guiteau tödlich verletzt; Guiteau hatte gehofft, als Dank für seine Dienste zum Vizekonsul in Paris ernannt zu werden. Unter dem Schock dieses Verbrechens raffte sich der Kongreß zu einer grundlegenden Reform des Dienstrechts auf: Mit dem *Civil Service Act* vom 16. Januar 1883 machte er die Vergabe öffentlicher Ämter erstmals von bestimmten Qualifikationen abhängig.

Freilich gab es in dem damit etablierten *merit system* weiterhin viele Schlupflöcher. Ämterpatronage und Korruption sind eine Hypothek, die auf der amerikanischen Politik bis heute lastet – auch wenn es nicht alle Präsidenten so hemmungslos trieben wie Ulysses Grant: Er verschaffte nicht weniger als dreizehn Verwandten Druckposten in der Administration. Besonders verrufen war die demokratische Parteiorganisation in New York, nach ihrem Sitz *Tammany Hall* genannt. Einer ihrer Bosse, George Plunkitt, erklärte unverblümt: »Men ain't in politics for nothin'. They want to get somethin' out of it.« (»Die Menschen sind nicht umsonst in der Politik. Sie wollen etwas 'rausholen.«) Den Unterschied zwischen ehrlicher und unehrlicher Bereicherung erläuterte Plunkitt an folgendem Beispiel: »Nehmen wir einmal an, mir wird zugetragen, daß die Stadtverwaltung einen neuen Park anlegen will. Ich gehe in das Viertel und kaufe alle Grundstücke, die ich kriegen kann. Dann entscheidet die Stadt offiziell, wo der Park hinkommt. Ist es nicht vollkommen in Ordnung, daß ich für meine Investition und Weitsicht einen hohen Preis verlange? Sehen Sie, das ist ehrliche Bereicherung.«

An dieser zynischen Einstellung hat sich kaum etwas geändert. In den letzten Jahren mußten Dezernenten und leitende Beamte der New Yorker Stadtverwaltung reihenweise den Hut nehmen, weil sie öffentliche und private Interessen nicht sauber auseinandergehalten hatten; einige von ihnen sitzen im Gefängnis. Im März 1986 stürzte sich der Bürgermeister des Stadtteils Queens, Donald Manes, in ein Küchenmesser, nachdem herausgekommen war, daß er Bußgelder von Verkehrssündern veruntreut hatte.

Es wäre ungerecht, Korruption und Ämterpatronage nur bei den Demokraten zu suchen. Das auslösende Moment der Watergate-Affäre, der Einbruch in das demokratische Hauptquartier, war motiviert durch die Furcht Präsident Nixons, seine dunklen Geschäfte mit Howard Hughes könnten ans Licht kommen: Der Einbruch sollte klären, wieviel die Demokraten von diesen Geschäften wußten. Nicht einmal Thomas Dewey, der als New Yorker Staatsanwalt die Bandenkriminalität mit großem Erfolg bekämpft hatte, schreckte davor zurück, von der Mafia Geld zu nehmen, als er sich 1948 um die Präsidentschaft bewarb. Von ihrem Recht, Geldgeber mit attraktiven Botschafterposten zu belohnen, haben sowohl demokratische wie republikanische Präsidenten freizügig Gebrauch gemacht: Noch heute sind 40 Prozent der amerikanischen Missionschefs keine Berufsdiplomaten, sondern Außenseiter. Sogar ein persönlich so integrer Mann wie Woodrow Wilson hat diese Praxis verteidigt. In seinem Buch »The Study of Administration« (1887) schreibt er: »Wir verzichten gern auf Preußens Geschichte, auch um den Preis der preußischen Beamtentugenden. Es ist besser, ungeschult und frei zu sein als unterwürfig und methodisch.«

Nun gibt es Länder, in denen ein schwach entwickeltes Berufsbeamtentum aufgewogen wird durch eine starke Parteienstruktur. Auch davon kann in den Vereinigten Staaten keine Rede sein. Die beiden großen Parteien sind wenig mehr als lockere Wahlvereine, deren Ziel es ist, ihre Kandidaten in die Rathäuser, in den Kongreß und ins Weiße Haus zu lotsen. Entstanden sind sie aus den Meinungsverschiedenheiten zwischen Alexander Hamilton und Thomas Jefferson: Während Hamilton eine starke Bundesregierung wünschte, mißtraute Jefferson allen zentralistischen Tendenzen. Aus Hamiltons *Federalists* wurden schließlich die Republikaner, aus Jeffersons *Democratic-Republican Party* die Demokraten. Diese Entwicklung verlief keinesfalls geradlinig, sondern in Mäandern, die zu verfolgen selbst dem Fachmann nicht immer leichtfällt. In den Jahren zwischen 1812 und 1828 waren die Parteien – um im Bilde zu bleiben – gänzlich im Erdboden versickert.

Noch heute sind Parteiprogramme und Wahlplattformen von untergeordneter Bedeutung; was zählt, ist weniger die Ideologie als die Persönlichkeit des Kandidaten. In den Präsidentschaftswahlen haben die Republikaner, die Partei des Großkapitals, häufig Kandidaten präsentiert, die aus allerkleinsten Verhältnissen stammten: Eisenhowers Vater war Klempner, Nixons Vater betrieb eine Tankstelle. Umgekehrt fanden die Demokraten, die Partei der sozial Zukurzgekommenen, nichts dabei, in der Weltwirtschaftskrise ihr Heil bei dem verwöhnten Millionär Franklin D. Roosevelt zu suchen.

Fraktionszwang gibt es ebensowenig wie Parteibücher oder regelmäßig zu entrichtende Mitgliedsbeiträge. Im Kongreß kommt es häufig vor, daß die konservativen Demokraten aus den Südstaaten mit den Republikanern gemeinsame Sache machen. Ja, es ist nicht einmal ausgeschlossen, daß ein

Präsident Angehörige der gegnerischen Partei mit Regierungsaufgaben betraut: Der Republikaner Henry Stimson diente seinem Parteifreund Hoover als Außenminister und dem Demokraten Roosevelt als Kriegsminister. Im November 1987 fragte Jim Wright, der Sprecher des Repräsentantenhauses, bei dem Baukrösus Donald Trump – einem eingeschriebenen Mitglied der Republikanischen Partei – an, ob er bei dem wichtigsten *fund-raising dinner* der Demokraten Ehrengast sein wolle. Trump erbat sich Bedenkzeit, lehnte dann aber ab.

Seit dem Ende der sechziger Jahre haben die Parteien noch weiter an Bedeutung verloren. 1948 blieben 62 Prozent der Wähler bei Bundes-, Staats- und Gemeindewahlen jeweils derselben Partei treu; 1980 war der Prozentsatz der *straight-ticket voters* auf 40 Prozent gesunken. 1985 erklärten 43 Prozent der Wahlberechtigten, die Parteizugehörigkeit eines Kandidaten habe keinen oder nur geringen Einfluß auf ihr Stimmverhalten. 64 Prozent waren sogar davon überzeugt, daß die Parteien mehr zur Verwirrung politischer Probleme beitragen als zu deren Lösung. Für diese Entwicklung gibt es drei handfeste Gründe. Der erste ist das Fernsehen: Um sich den Wählern vorzustellen, sind die Politiker heute weitaus weniger auf den Service der Parteien angewiesen als noch vor zwanzig Jahren. Zum zweiten werden Kandidaten zunehmend in Vorwahlen (*primaries*) gekürt und nicht nur in geschlossenen Parteiversammlungen (*caucuses*), wo die Bosse das letzte Wort haben. (Jimmy Carter war der erste Präsident, der seine Nominierung ausschließlich seinem guten Abschneiden bei Vorwahlen verdankte.) Und drittens haben Präsidentschaftskandidaten seit 1972 Anspruch auf öffentliche Mittel (*matching funds*) zur Bestreitung ihres Wahlkampfes; auch das hat ihre Abhängigkeit von den Parteifinanzen gelockert.

Die Entmachtung der Parteien hat dazu geführt, daß wirtschaftliche Interessenverbände und *political action committees* (kurz PACs genannt) eine immer größere Rolle spielen. Selbstverständlich hat es *lobbies* und *pressure groups* auch schon früher gegeben. Als einziges Land der Welt haben die USA im *Regulation of Lobbying Act* von 1946 diese Drahtzieher im Hintergrund sogar legalisiert. Im gleichen Gesetz wurde ihnen allerdings zur Auflage gemacht, sich förmlich anzumelden und ihr Budget offenzulegen. Über dreitausend eingetragene Lobbyisten tummeln sich in der amerikanischen Hauptstadt. Die PACs sind dagegen eine neuere Erscheinung; von ihnen gibt es mittlerweile mehr als viertausend. Auch sie haben in der Regel nur ein eng begrenztes, vielfach rein lokales Anliegen; wer verspricht, das Anliegen zu unterstützen, kann auf ihre Stimmen und ihr Geld rechnen.

Was bei dieser Art von Kuhhandel – Amerikaner sprechen von *pork-barrel politics* – herauskommt, konnte man erleben, als der Kongreß am letzten Sitzungstag des Jahres 1987 das Haushaltsgesetz verabschiedete. Auf den gut zweitausend Seiten, die vermutlich kein einziger Abgeordneter vollständig gelesen hatte, verbargen sich 350000 Dollar für die Reinigung der vier Präsidenten-Köpfe auf dem Mount Rushmore, 8 Millionen Dollar zur Errichtung einer Schule für nordafrikanische Juden in Frankreich (ein Wunsch von Senator Inouye, Hawaii) und 16,5 Millionen Dollar für die Tulane University in New Orleans: Für diesen Betrag soll die Universität für das Pentagon ein Gutachten über die Beseitigung gefährlicher Abfälle fertigen. Daß das Pentagon gar kein Gutachten angefordert hatte, wurde bei der Zuwendung großzügig übersehen.

Der rücksichtslose Egoismus, der hier zutage tritt, der Kantönligeist und der nur mangelhaft entwickelte Sinn für das Gemeinwohl haben ihre Wurzeln im Lebensgefühl des Wilden Westens, das die amerikanische Gesellschaft bis heute beherrscht. Die Erschließung des Kontinents, der sich über Jahrhunderte erstreckende Kampf gegen die Indianer und die Unbilden der Natur – das waren Erfahrungen, die den Charakter der Nation entscheidend geprägt haben. Es war der Historiker Frederick Jackson Turner, der am 12. Juli 1893 in einem berühmt gewordenen Vortrag vor der *American Historical Association* in Chicago (»The Significance of the Frontier in American History«) als erster auf diesen grundlegenden Zusammenhang hinwies. Turner wandte sich gegen die damals herrschende Theorie, die politische Kultur Amerikas sei im wesentlichen eine Fortentwicklung der europäischen. Nicht Europa sei Amerikas Lehrmeisterin gewesen, sagte er, sondern die Grenze im Westen. Ihr allmähliches Vorrücken sei gleichbedeutend mit »einer stetigen Bewegung fort vom Einfluß Europas, einem stetigen Wachstum der Unabhängigkeit... Dieses Vorrücken zu studieren, heißt den wirklich amerikanischen Teil unserer Geschichte studieren.«

Die Kolonisierung des Westens war unter den frühen Siedlern keineswegs unumstritten. Im Jahre 1763 wurde die Landnahme jenseits der Appalachen durch ein köngliches Dekret sogar ausdrücklich verboten. 1803, nach dem Kauf von Louisiana, versicherte Außenminister Madison dem französischen Gesandten, seine Regierung habe jenseits des Mississippi keinerlei territoriale Interessen. Die Glücksritter und Bodenspekulanten ließen sich von amtlichen Verlautbarungen jedoch nicht abschrecken: Dem »Texas-Fieber« folgte das »Oregon-Fieber« und diesem der »Goldrausch«, der in einem einzigen Jahr – 1849 – 80000 Menschen nach Kalifornien lockte. Andrew Jackson war der erste Präsident, der nicht dem Ostküsten-Establishment entstammte, sondern der in Tennessee selbst noch gegen die Indianer gekämpft hatte. Mit ihm zog der Pioniergeist des *frontiersman* ins Weiße Haus ein – eine Mentalität, die Turner mit folgenden Stichworten umrissen hat: »Grobheit und Stärke, verbunden mit Aufgewecktheit und Neugierde; ein erfinderischer, nie um Auswege verlegener Sinn fürs Praktische; zwar schwach im Künstlerischen, dafür aber meisterhaft im Erfassen materieller Dinge; Individualismus im Guten wie im Bösen – und das Ganze überstrahlt von jener optimistischen Lebensfreude, die das Kennzeichen der Freiheit ist.«

Natürlich ist Turners These nicht unwidersprochen geblieben. Man hat ihm Einseitigkeit, ja chauvinistischen Hochmut vorgeworfen. Dennoch ist nicht zu bestreiten, daß er mit seinem bahnbrechenden Vortrag – den er später in mehreren Aufsätzen variierte – einen wichtigen Beitrag zum Verständnis des amerikanischen Nationalcharakters geliefert hat. Nicht zufällig führte John F. Kennedy, der gewiß einen wachen Sinn für zugkräftige Schlagworte besaß, seinen Wahlkampf um das Weiße Hause unter der Parole »New Frontier«. Nach dem Tod seiner Frau im Kindbett floh der asthmatische, kränkliche Theodore Roosevelt nach South Dakota und lebte, um seinen Schmerz zu vergessen, zwei Jahre lang als Cowboy in den Badlands. Als 1898 der Krieg mit Spanien ausbrach, legte er – damals stellvertretender Marineminister – sein Amt nieder und beteiligte sich in schönster Wildwest-Manier selbst am Kampfgeschehen. Seine Heldentaten an der Spitze der »Rough Riders«, eines von ihm zusammengestellten Kavallerie-Regiments, sind heute fester Bestandteil des amerikanischen Sagenschatzes. Auch Ernest Hemingway, ein Intellektueller mit – wie wir heute wissen – durchaus femininen Zügen, fühlte sich von Kriegen und vom Männlichkeitsideal des Wilden Westens unwiderstehlich angezogen. Als er spürte, daß er dem von ihm selbst geschaffenen Nimbus nicht mehr gerecht wurde, nahm er sich das Leben.

Der Traum vom Wilden Westen gehört zu den amerikanischen Mythen, die sich auch den Europäern tief eingeprägt haben. So gut wie jeder hat von Buffalo Bill und Jesse James gehört. Lederstrumpf, Old Shatterhand und Winnetou zählen zu den populärsten Romanfiguren der Weltliteratur überhaupt. Der berühmte *shoot-out* am O.K. Corral in Tombstone ist unzählige Male verfilmt worden. Angefangen mit »The Great Train Robbery« (1903), hat sich der »Western« als eigenständige Filmgattung fest etabliert; inzwischen hat das Fernsehen den Faden aufgenommen und weitergesponnen. Seit den sechziger Jahren gibt es sogar einen Ableger in Italien; die »Spaghetti-Western« von Sergio Leone waren auch in den USA überaus erfolgreich.

Eine andere Frage ist, was es mit dem Heldentum der Rancher, Cowboys und Sheriffs wirklich auf sich hatte. Nach Augenzeugenberichten war William Cody, der verklärte »Buffalo Bill«, ein grausamer Bisonschlächter und erbärmlicher Feigling. Daß Jesse James den Ertrag seiner Raubzüge mit Witwen und Waisen teilte, ist höchst zweifelhaft. Auch der Muster-Sheriff Wyatt Earp, der in Tombstone zusammen mit »Doc« Holliday die McLowery-Clanton-Gang ausradierte, war eine weitaus zwielichtigere Figur, als es die fromme Legende wahrhaben will.

Die Verherrlichung des Wilden Westens ist denn auch nicht ohne Gegner geblieben: »Das Dasein des Pioniers«, schrieb der Kulturhistoriker Lewis Mumford, »war hart und entbehrungsreich. Statt naturverbunden sollte man es eher ungesellig nennen. Das Leben in der Wildnis wird allemal mit dem Verlust von Eigenschaften erkauft, die den gesitteten Menschen ausmachen.« Walter Weyl, einer der Gründer der Zeitschrift »The New Republic«, machte bereits 1912 die Besiedlung des Westens für den schwach entwickelten Gemeinsinn in Amerika verantwortlich: »Sie führte automatisch zu einer Lockerung des politischen Zusammenhalts und zu einem anarchischen Wirtschaftssystem. Der Trust, der Multimillionär und der Slum – sie alle waren angelegt in der Art und Weise, wie die Amerikaner die ersten hundert Jahre ihrer Freiheit nutzten.« Der Philosoph John Dewey setzte die Entfremdung der Intellektuellen und die Neigung zum religiösen Obskurantismus auf das Konto der Pioniere.

Als verhängnisvoll erwies sich vor allem der Kult um die *outlaws* und die Einzelkämpfer, die das Recht in ihre eigene Hand nehmen. Während in Europa die Epoche der Raubritter und der Racheengel vom Schlage eines Hans Kohlhase –

Kleists »Michael Kohlhaas« – immerhin schon Jahrhunderte zurückliegt, haben viele Amerikaner noch heute Mühe, sich mit dem Strafmonopol des Staates abzufinden. Zwischen 1882 und 1951 fielen der Lynchjustiz 4730 Menschen zum Opfer, darunter 3437 Schwarze. 1949 war das erste Jahr, in dem kein Schwarzer gelyncht wurde. Erst 1974 hob Texas ein Gesetz aus dem Jahre 1837 auf, das es betrogenen Ehemännern gestattete, ihren auf frischer Tat ertappten Nebenbuhler über den Haufen zu schießen.

Diese Vorliebe für das Faustrecht spiegelt sich auch in der amerikanischen Literatur wider: Ihre Brutalität stellt jede andere in den Schatten. Huckleberry Finn, der Held von Amerikas populärstem Jugendbuch, wird Zeuge von zwei Morden. Tom Joad in Steinbecks »Früchten des Zorns« zerquetscht den Kopf eines Polizisten, nachdem dieser einen Priester mit der Spitzhacke erschlagen hat. In Faulkners »Licht im August« schneidet Joe Christmas seiner Geliebten mit dem Rasiermesser die Kehle durch. Nach ausgedehnter Flucht läßt er sich schließlich ohne Widerstand erschießen. Ein Gendarm kastriert den Sterbenden, »damit er die Frauen jedenfalls in der Hölle in Ruhe läßt«. Szenen dieser Art finden sich bei den bedeutendsten amerikanischen Autoren, ob sie nun Edgar Allan Poe oder Jack London, Scott Fitzgerald oder Ernest Hemingway heißen – von Mickey Spillane, dem erfolgreichsten Krimi-Fabrikanten, ganz zu schweigen.

Die gleiche Freude an ausgesuchten Brutalitäten finden wir auch in Film und Fernsehen. Statistiker haben errechnet, daß ein amerikanisches Kind, wenn es die Oberschule verläßt, im Durchschnitt 18000 TV-Morde miterlebt hat. In Steven Spielbergs »Indiana Jones and the Temple of Doom« werden Menschen geröstet und ausgedärmt; bei einem Essen werden Augapfel-Suppe und Affenhirn serviert. Natürlich besagt der Erfolg dieses Films oder von Serien wie »Rocky« und »Rambo« noch nicht, daß jeder Zuschauer damit zum potentiellen Verbrecher wird. Aber es ist wohl doch kein Zufall, daß in den USA, bezogen auf die Bevölkerung, Jahr für Jahr doppelt soviele Verbrechen mit tödlichem Ausgang verübt werden wie bei uns: 1986 waren es 19 300, verglichen mit 2700 in der Bundesrepublik Deutschland. In 11 400 Fällen war das Tatwerkzeug eine Schußwaffe. Vier amerikanische Präsidenten – Lincoln, Garfield, McKinley und Kennedy – wurden erschossen. Mordanschläge auf sechs weitere, darunter Präsident Reagan, mißlangen. Zu den bekannten Persönlichkeiten, die in der jüngeren Vergangenheit Opfer von Attentaten wurden, gehören Martin Luther King, Malcolm X, Robert Kennedy, George Wallace und John Lennon. Im Vietnam-Krieg verloren die Vereinigten Staaten 46 000 Mann. Im gleichen Zeitraum wurden an der »Heimatfront« 85 000 Amerikaner erschossen.

Trotz dieses enormen Blutzolls gibt es kaum ein Land, wo der Erwerb von Schußwaffen vom Gesetz so leicht gemacht wird wie in den USA. Wieviele Gewehre und Pistolen sich in privater Hand befinden, weiß niemand genau. Fachleute schätzen die Zahl auf 100 Millionen. Mit anderen Worten: Auf jeden zweiten Einwohner kommt eine Schußwaffe. Mehr als 16 Millionen Amerikaner besitzen einen Jagdschein; drei Millionen gehören der einflußreichen *National Rifle Association* (NRA) an. Diese mächtige Lobby ist dem Kongreß immer wieder in den Arm gefallen, wenn er sich anschickte, den Waffenbesitz – von dem die NRA sogar behauptet, er sei ein von der Verfassung garantiertes Grundrecht – zu reglementieren.

Dennoch hat der Kongreß dreimal einen Anlauf genommen, wenigstens die gröbsten Mißbräuche des freien Waffenhandels zu unterbinden. Der 1934 angesichts der Bandenkriege in Chicago erlassene *National Firearms Act* führte die Registrierung von Maschinengewehren ein. Der *Federal Firearms Act* von 1938 untersagte den Verkauf von Schußwaffen an polizeilich gesuchte oder rechtskräftig verurteilte Verbrecher. Unter dem Schock der Attentate auf die Kennedy-Brüder und Martin Luther King rafften sich die Abgeordneten 1968 schließlich zum *Gun Control Act* auf. Dieses Gesetz weitete die Registrierungspflicht auf alle Schußwaffen aus. Zugleich verbot es ihren Verkauf durch Postversand an Minderjährige, Geisteskranke, Drogensüchtige sowie an Bewohner anderer Bundesstaaten. Die letztere Bestimmung sollte den Verkauf von *Saturday night specials* verhindern – ein Ausdruck, der sich in den fünfziger Jahren in Detroit einbürgerte: In Michigan galt damals schon ein regionales Waffenkontrollgesetz, das die Interessenten jedoch umgingen, indem sie ihren Bedarf am Wochenende im benachbarten Ohio deckten, wo es ein solches Gesetz nicht gab. Unter dem Druck der *gun lobby* ließ der Kongreß 1986 den Waffenverkauf an Staatsfremde wieder zu.

Welche Leidenschaften die Frage des freien Waffenbesitzes in Amerika auslöst, hat der Prozeß gegen den New Yorker U-Bahn-Schützen Bernhard Goetz gezeigt. Goetz war 1984, kurz vor Weihnachten, von vier schwarzen Jugendlichen um fünf Dollar gebeten worden. Er wertete diese Frage als nur rhetorisch gemeintes Vorspiel zu einem Überfall, zog einen Revolver und schoß die vier der Reihe nach nieder. Drei der Opfer erholten sich wieder von ihren Verletzungen; das vierte wurde dagegen in die Wirbelsäule getroffen und blieb unterhalb der Hüfte gelähmt. Die rasche Tat machte den 37 Jahre alten Elektro-Ingenieur zu einer nationalen Berühmtheit: Während ihm Sprecher der Schwarzen Menschenverachtung und Rassismus vorwarfen, wurde er von Weißen, die selbst in der U-Bahn oder auf der Straße ausgeraubt worden waren, telefonisch und brieflich mit Glückwünschen überschüttet. In zwei Prozessen billigten ihm die Geschworenen Notwehr zu: Er wurde nur wegen unerlaubten Waffenbesitzes zu einer geringfügigen Gefängnisstrafe verurteilt.

Hinter dem lautstark geführten Streit um Notwehr und Notwehrexzeß stand freilich etwas ganz anderes – das Heimweh nach dem Wilden Westen, nach dem Kampf gegen Apachen und Komantschen, nach dem Faustrecht von »Stagecoach« und »High Noon«. In den Mannbarkeitsritualen der Landbevölkerung spielt die Schußwaffe noch immer eine bedeutsame Rolle: »Ein Junge«, schreibt der Soziologe Herman Kahn, »dem sein Vater zum erstenmal ein Gewehr in die Hand drückt, wird über Nacht erwachsen.« Vor diesem Hintergrund wird begreiflich, warum amerikanische Männer ein generelles Schußwaffenverbot geradezu als Eingriff in ihre Intimsphäre empfinden würden. Schon die Cowboys waren bereit, allem eher zu entsagen als ihrem Revolver – »der Frau gewiß, dem Pferd vielleicht, dem Colt nie.«

Jenseits des Schmelztiegels

»Gib mir deine Müden, deine Armen, deine kauernden Massen, die sich nach Freiheit sehnen...« Sind diese zwar nicht guten, aber sehr berühmten Verse auf dem Sockel der Freiheitsstatue immer noch Amerikas Credo? Wenn man den amtlichen Verlautbarungen glauben will – ja. In der Rede, die Ronald Reagan 1980 auf dem Parteikongreß der Republikaner hielt, sagte er: »Können wir daran zweifeln, daß die göttliche Vorsehung dieses Land – das Land der Freiheit – zur Zuflucht für all die bestimmt hat, die frei sein wollen?« Die Praxis sieht allerdings etwas anders aus: Vor den Schaltern der amerikanischen Konsulate drängt sich eine Warteschlange, die inzwischen auf mehr als zwei Millionen Menschen angewachsen ist und weiter wächst. In einigen Ländern dauert es bis zur Erteilung eines Visums zehn Jahre. Dennoch erleben die Vereinigten Staaten gegenwärtig eine der größten, vielleicht die größte Einwanderungswelle ihrer Geschichte. Mindestens die Hälfte der Immigranten kommt illegal ins Land; die Schätzungen schwanken zwischen 500000 und drei Millionen pro Jahr. Nimmt man die legalen Einwanderer hinzu – im Schnitt sind es 600000 –, so ergibt sich eine Gesamtzahl, die die bisherigen Rekordjahre 1907 (1,29 Millionen) und 1914 (1,22 Millionen) erreicht oder sogar in den Schatten stellt. Freilich war damals die Bevölkerung nicht einmal halb so groß wie die heutige, so daß der Zustrom erheblich stärker ins Gewicht fiel.

Die Folge der Masseneinwanderung vor dem Ersten Weltkrieg war das Gesetz von 1921, mit dem der Kongreß die

»goldene Pforte«, von der auf dem Sockel der Freiheitsstatue ebenfalls die Rede ist, zwar nicht gerade ins Schloß warf, ihr jedoch einen Riegel vorschob: Jeder Nation wurde fortan nur noch eine bestimmte Jahresquote zugestanden, nämlich 3 Prozent ihres Anteils an der amerikanischen Bevölkerung. 1924 wurde die Quote auf 2 Prozent gesenkt. Die Japaner wurden ganz ausgeschlossen. (Die Chinesen durften schon seit 1882 nicht mehr einreisen.) Unbegrenzt weiter zugelassen wurden dagegen die Bürger amerikanischer Staaten, also vor allem Mexikaner und Kanadier. Dieses Gesetz blieb bis 1965 in Kraft. Es wurde auch nicht geändert, als Hunderttausende von Juden verzweifelt versuchten, dem Machtbereich Hitler-Deutschlands zu entkommen. Wer keine Protektion hatte, fand eher im Fernen Osten eine neue Heimat als in Amerika.

Widerstand gegen Neueinwanderer hat es in Amerika immer gegeben. Schon Benjamin Franklin warnte vor den *Palatine boors*, den »Flegeln aus der Pfalz«, die statt Englisch Deutsch sprachen und offenbar nicht die Absicht hatten, ihre kuriosen Bräuche aufzugeben: »Warum sollte sich Pennsylvania, das von Engländern gegründet wurde, in eine Kolonie von Fremden verwandeln, die in Kürze so zahlreich sein werden, daß sie uns zu Deutschen machen – anstatt wir sie zu Engländern?« Nach dem Einwanderungsschub in den vierziger und fünfziger Jahren des 19. Jahrhunderts – hauptsächlich Iren und flüchtige Republikaner aus Deutschland – formierte sich die ausländerfeindliche Bewegung der *Know-Nothings*, die unter dem Namen *American Party* im Handumdrehen sechs Gouverneurssitze eroberte. Ihr Versuch, Präsident Fillmore, dessen Partei – die Whigs – über dem Streit um den Sklaverei-Kompromiß zerbrochen war, ein zweites Mal ins Weiße Haus zu hieven, schlug allerdings fehl.

Das erste gesetzliche Einwanderungsverbot stammt aus dem Jahre 1882; es richtete sich, wie gesagt, gegen die Chinesen. Zugleich wurde Kriminellen, Armen und Geisteskranken die Einreise verwehrt. Der *Contract Labor Act* von 1885 untersagte den Import ungelernter Fremdarbeiter. Nach der Ermordung Präsident McKinleys wurden Anarchisten auf die schwarze Liste gesetzt, desgleichen Gewohnheitsbettler und Prostituierte. Die Einwanderungswelle vor dem Ersten Weltkrieg brachte vor allem Italiener und russische Juden ins Land. Dagegen wandten sich Politiker vom Schlage eines Madison Grant, dessen Buch »The Passing of the Great Race« 1916 mit einem Vorwort von Theodore Roosevelt erschien. Grant machte darin den Vorschlag, die Einwanderung nur Angehörigen der nordischen Rasse zu gestatten. Mischehen seien zu verbieten, Minderrassige zu sterilisieren. Da sich Präsident Wilson jedoch weigerte, solchen Gedanken Gehör zu schenken, kam es erst 1921 zu der bereits erwähnten Quotenregelung und 1924 zum Totalausschluß der Japaner.

Erst 1965 wurde die Quotenregelung abgeschafft. Statt dessen legte der Kongreß globale Höchstzahlen fest: 120000 für Einwanderer aus amerikanischen Staaten; für den Rest der Welt 20000 pro Staat, aber insgesamt nicht mehr als 270000. Ausgenommen von diesen Beschränkungen sind Familienangehörige von Ausländern, die bereits amerikanische Bürger geworden sind; sie können ohne weiteres nachkommen. Vor allem die Asiaten haben die Nutzung dieses Schlupflochs zur hohen Kunst entwickelt: Sobald ein entfernter Verwandter den amerikanischen Paß in der Tasche hat, steht die ganze Sippe vor der Tür. Wer keine Verwandtschaft hat oder nicht warten möchte, reist mit einem Touristen-Visum ein und verliert sich dann unauffällig in der Menge. Oder er fährt nach Mexiko und überschreitet von dort aus die 3000 Kilometer lange Grenze. Er muß sich schon sehr täppisch anstellen, um sich von dem notorisch unterbesetzten Grenzschutz – gleichzeitig im Dienst sind nie mehr als 500 Beamte – erwischen zu lassen.

Einige Experten schätzen die Zahl der illegal Eingereisten auf nicht weniger als 12 Millionen. Der Kongreß hat lange darüber gestritten, wie man mit dieser Hypothek fertig werden könnte. In der Debatte gibt es zwei Parteien: Die *inclusionists* betrachten die Einwanderer als ökonomischen Gewinn; die *exclusionists* sehen in ihnen Störenfriede, die den Einheimischen Arbeitsplätze wegnehmen, die Löhne niedrig halten und der Sozialversicherung auf der Tasche liegen. Umfragen zeigen, daß die Mehrheit der Bevölkerung auf seiten der *exclusionists* steht: 1986 sprachen sich 49 Prozent für eine Drosselung der Immigration aus; nur 35 Prozent waren dafür, den geltenden Zustand beizubehalten. Häufig kommt es vor, daß Asiaten und Lateinamerikaner, die das Gros der Neuzugänge ausmachen, von ihren Nachbarn oder Arbeitskollegen verprügelt werden. 1954 wurden in der *Operation Wet-back* eine Million Mexikaner aus Kalifornien deportiert. (*Wet-back* ist ein Schimpfwort für Einwanderer, die über die feuchte Grenze – den Rio Grande – ins Land kamen.)

Am 17. Oktober 1986 verabschiedete der Kongreß ein Gesetz, das einen Kompromiß zwischen den beiden extremen Positionen darstellt: *Illegal aliens*, die vor 1982 ins Land kamen, werden amnestiert und können bleiben. Dagegen werden erstmals in der amerikanischen Geschichte Arbeitgeber mit Strafe bedroht, die illegale Einwanderer beschäftigen. Ob das Gesetz den gewünschten Zweck erreicht, bleibt abzuwarten: Bis zum Stichtag im Mai 1988 haben nur 1,7 Millionen Ausländer ihre Legalisierung beantragt. Erst eine Handvoll Arbeitgeber wurde gerichtlich belangt.

Der Massenandrang der letzten Jahre ist auf bestem Wege, die Zusammensetzung der amerikanischen Bevölkerung merklich zu ändern. Während bis zum Zweiten Weltkrieg die europäischen Einwanderer weit in Führung lagen, sank ihr Anteil in den sechziger Jahren auf 34 Prozent: heute liegt er bei 11 Prozent. Zugleich ist der Anteil der *hispanics* und Asiaten hochgeschnellt: 38 Prozent der Neueinwanderer kommen aus Lateinamerika, 46 Prozent aus Asien (vor allem aus den Philippinen, Südkorea, Vietnam, Indien und der Volksrepublik China). In einigen Städten – das bekannteste Beispiel ist Miami – sind mehr als die Hälfte der Einwohner Immigranten. Es fehlt nicht an Voraussagen, die bereits das Ende des weißen Amerika verkünden. Nach einer Studie des *Population Reference Bureau* werden die Schwarzen, Latinos und Asiaten – heute 20 Prozent der amerikanischen Bevölkerung – im Jahre 2020 bereits 35 Prozent ausmachen. Pessimisten malen in Florida und Kalifornien, wo sich die meisten Einwanderer niederlassen, die Gefahr eines kulturellen Separatismus, ein amerikanisches Quebec an die Wand.

Damit stellt sich – nicht zum erstenmal – die Frage, was es mit dem sprichwörtlichen *melting pot* auf sich hat, dem Schmelztiegel, in dem die Einwanderer über kurz oder lang zu echten Amerikanern werden, deren nationale Herkunft keine Rolle mehr spielt. Das Schlagwort stammt aus dem gleichnamigen Theaterstück von Israel Zangwill, das 1909 am Broadway uraufgeführt wurde. »Amerika«, heißt es dort, »ist Gottes großer Schmelztiegel, wo alle Völker Europas ineinander aufgehen.« Dies entsprach nicht nur dem Wahlspruch »E Pluribus Unum«, den wir auf amerikanischen Münzen finden, sondern auch der Lebenserfahrung: Für die dritte Generation hatte die Herkunft der Großeltern im allgemeinen keine Bedeutung mehr. Das galt sogar für die störrischen Deutschen, die sich zunächst gar nicht integrieren wollten, sondern an ihren Bierlokalen, Turn- und Gesangsvereinen, deutschen Schulen und Zeitungen eisern festhielten. Heute sind sie als eigenständige Gruppe – wenn man von folkloristischen Relikten wie der New Yorker »Steuben-Parade« absieht – kaum noch zu erkennen.

In den sechziger Jahren kam plötzlich – als Nebenprodukt der Bürgerrechtsbewegung – eine Rückbesinnung auf die nationalen Wurzeln in Mode. Auf einmal sprach alles von *ethnicity* und *ethnic revival*. Den entscheidenden Anstoß gab das Buch »Beyond the Melting Pot« (1963), in dem Nathan Glazer und Daniel Moynihan am Beispiel der Machtkämpfe zwischen den verschiedenen Volksgruppen in New

York die These von der Assimilation ad absurdum zu führen suchten. Andere Autoren verwiesen auf das ethnische Übergewicht in bestimmten Berufen – die jüdischen Zahnärzte, die irischen Polizisten, die chinesischen Wäscher, die koreanischen Gemüsehändler. Wieder andere legten lange Listen von Verbalinjurien an, mit denen sich die einzelnen Volksgruppen gegenseitig zu verunglimpfen pflegen: *nigger, polack, kike* (für Juden), *kraut* (für Deutsche) und so weiter. Reisebüros hatten überraschende Erfolge mit nostalgischen Exkursionen in die alten Heimatländer. Den Höhepunkt erreichte die Ahnensuche mit dem halb fiktiven, halb dokumentarischen Bestseller »Roots« (1976), in dem Alex Haley die Geschichte einer schwarzen Familie bis nach Afrika zurückverfolgte. Die achtteilige Fernsehfassung dieses Buches hielt ein Jahr später 40 Prozent der Amerikaner in Atem – ein Serienerfolg, der seither nie wieder erreicht wurde.

Damals waren freilich schon die ersten Zweifel am Tiefgang des *ethnic revival* aufgekommen. Was zunächst wie die Umkehr eines säkularen Trends ausgesehen hatte, erschien zunehmend als flüchtige Laune, als sentimentale Anwandlung einer wirtschaftlich sorgenfreien Mittelschicht, als mehr symbolischer Protest gegen eine unvermeidliche Entwicklung. Ein typisches Beispiel waren die *havurot*, jüdische Bet- und Studiengruppen, die in den siebziger Jahren aufkamen und die von konservativen Juden als Zeichen für eine allgemeine Rückbesinnung auf die Welt der frommen Groß- und Urgroßeltern freudig begrüßt wurden. Heute wissen wir, daß diese sogenannte *Baal-teshuva*-Bewegung ein Randphänomen geblieben ist, das nur eine winzige Minderheit erfaßte. Von den vielen italo-amerikanischen Zeitschriften, die während des *ethnic revival* wie die Pfifferlinge aus dem Boden schossen, ist eine einzige – »Attenzione« – übriggeblieben. Selbstverständlich erscheint sie auf Englisch.

Damit ist keineswegs gesagt, daß die Assimilation überall

reibungslos vor sich geht. Die Chinesen haben sich stets abgesondert und in den *Chinatowns* an ihrer Sprache und ihren Lebensgewohnheiten festgehalten. Ähnliches gilt für die Kubaner in Florida und die orthodoxen Juden im New Yorker Stadtteil Williamsburg. Anders steht es mit den schwarzen Gettos in den Großstädten des Nordens: Sie kamen – darüber können keine *Black is beautiful*-Beteuerungen hinwegtäuschen – nicht freiwillig zustande, sondern waren die Folge von Diskriminierung und wirtschaftlichen Zwängen. Man kann eben nicht alle Volksgruppen über einen Kamm scheren. Die neuzugewanderten Asiaten etwa legen auf die Erhaltung ihrer ethnischen Traditionen nicht den geringsten Wert; sie wollen sich so rasch wie möglich in die amerikanische Gesellschaft integrieren. Das gelingt ihnen auch mit atemberaubender Geschwindigkeit: Unter den Oberschul-Absolventen stellen sie die höchste Quote. An den Spitzenhochschulen des Landes sind Studenten aus asiatischen Familien führend vertreten: in Harvard mit 10, am MIT mit 19, in Berkeley mit 22 Prozent – und das alles bei einem Bevölkerungsanteil von 2,1 Prozent. Einige Asiaten können bereits auf glanzvolle Karrieren in Amerika zurückblicken: der Dirigent Seiji Ozawa, der Cellist Yo-Yo Ma, der Architekt I. M. Pei, der Physiker Samuel Ting, der Computer-Hersteller An Wang.

Widersprüchlich ist die Haltung der Einwanderer aus Lateinamerika: Sollen sie, so fragen sich viele, am Spanischen festhalten oder nicht? Die Antwort hängt häufig davon ab, ob sie – wie die Kubaner in Florida – noch von einer Rückkehr in ihre Heimat träumen oder – wie die *chicanos*, die Mexikaner in Kalifornien – ihre Übersiedlung als endgültig ansehen. Widersprüchlich ist aber auch die Haltung der amerikanischen Regierung. Der *Bilingual Education Act* (1965), mit dem der Kongreß Subventionen für den zweisprachigen Schulunterricht bereitstellte, wurde mehrfach geändert. Heute fragen sich viele Experten, ob damit nicht ein falsches Signal gesetzt wurde: Was als Erhaltung eines wertvollen Erbes gemeint war, stellt sich immer klarer als neue Gettoisierung heraus. Auf lokaler Ebene kommt es zwischen Einheimischen und Zugewanderten nicht selten zu regelrechten Kulturkämpfen. In Miami drückte eine Bürgerinitiative 1981 ein Referendum durch, das Englisch zur einzigen offiziellen Sprache erklärt. Die *hispanics* rächten sich auf ihre Weise. An einer Tankstelle findet sich ein großes Schild mit der Aufschrift: »Al diablo con English only! No se habla Amerikkano aquì!« (»Zum Teufel mit *English only*! Hier wird kein Amerikanisch gesprochen!«)

Von besonderem Interesse ist natürlich, wie sich das Gewicht der verschiedenen Volksgruppen auf die »große Politik« auswirkt. Vor allem zwei von ihnen stehen beherrschend im Vordergrund – die Juden und die Schwarzen. Wenn in der euphemistischen Rhetorik der Polit-Prosa, der Wahlprogramme und Leitartikel, von *ethnic groups* die Rede ist, so sind damit im allgemeinen die Juden gemeint; mit *minorities* meint man hingegen die Schwarzen. Bis vor kurzem galt es nicht als fein, über die jüdische Lobby zu sprechen. Ein Versuch, ihren sehr erheblichen Einfluß auf die amerikanische Nahost-Politik zu beschreiben, hätte mit Sicherheit den Vorwurf des Antisemitismus heraufbeschworen. Eine jüdische Lobby, so konnte man damals hören, gebe es ebensowenig wie die »Weisen von Zion«. Dieses Dementi wurde inzwischen dadurch erschwert, daß zumindest *eine* jüdische Organisation – das *American Israel Public Affairs Committee*, kurz AIPAC genannt – in Washington als Vertreter der Interessen Israels offiziell angemeldet ist.

Richtig ist allerdings, daß die amerikanischen Juden bis in die Nachkriegszeit hinein bestrebt waren, in der Öffentlichkeit möglichst wenig aufzufallen. Von den orthodoxen Enklaven abgesehen, wäre es keinem von ihnen in den Sinn gekommen, sich außerhalb der Synagoge mit der Jarmulke – der traditionellen Scheitelkappe – zu zeigen. Nicht als Jude wünschte man in Betracht zu kommen, sondern als guter

Amerikaner. In vielen Synagogen wurde der Gottesdienst protestantischen Vorbildern angeglichen: Die Trennung der Geschlechter wurde aufgehoben, die von den Orthodoxen verpönte Orgel eingeführt, Hinweise auf eine Rückkehr nach Zion aus den Gebeten getilgt. Nicht anders als der »Centralverein deutscher Staatsbürger jüdischen Glaubens« stand auch die einflußreichste jüdische Organisation der USA, das 1906 gegründete *American Jewish Committee* dem Zionismus scharf ablehnend gegenüber. Die jüdischen Großmoguln der Filmindustrie – Samuel Goldwyn, Louis B. Mayer, die Gebrüder Warner – legten Wert darauf, daß ihre Vertragsschauspieler keine jüdischen Namen trugen: Aus Bernard Schwartz wurde Tony Curtis, aus Issur Danielovich Demsky Kirk Douglas. Dutzende von Gesichtschirurgen lebten davon, daß viele Juden ihre Nase dem angelsächsischen Schönheitsideal anzupassen suchten. Erst nachdem Barbra Streisand mit ihrem charakteristischen Riechorgan Furore gemacht hatte, verlor der *nose job* an Anziehungskraft.

Obgleich die Taufe im toleranten Amerika nie die gleiche Rolle gespielt hat wie in Europa, kam sie immerhin doch vor. Der aus Litauen stammende Kunsthistoriker Bernard Berenson – ursprünglich hieß er Valvrojenski – trat zunächst der protestantischen Episkopalkirche bei; nachdem er sich in einem Renaissancepalast bei Florenz niedergelassen hatte, wurde er katholisch. Seine Neigung, von »unseren puritanischen Vorfahren« zu sprechen, glossierte ein Fachkollege mit der spitzen Bemerkung, Berensons Vorfahren seien wohl die Rabbiner auf der »Mayflower« gewesen. Robert Moses, der mächtige Stadtplaner von New York, drohte den Herausgebern der »Jewish Encyclopedia« einen Beleidigungsprozeß an, falls sie es wagen sollten, ihn in ihr Nachschlagewerk aufzunehmen. Auch Walter Lippmann, neben H. L. Mencken der einflußreichste amerikanische Journalist dieses Jahrhunderts, verleugnete seine jüdische Abkunft. Für den Antisemitismus der Nazis fand er überraschend verständnisvolle Worte. Nach einer versöhnlichen Hitler-Rede schrieb er: »Man sollte die Deutschen ebensowenig nach ihren Antisemiten beurteilen wie die Franzosen nach der Schreckensherrschaft, die Katholiken nach der Inquisition, die Protestanten nach dem Ku Klux Klan und die Juden nach ihren Parvenüs.«

Noch während des Zweiten Weltkriegs, als die nationalsozialistische Vernichtungsmaschinerie auf vollen Touren lief, unternahmen Samuel Rosenman und Felix Frankfurter, zwei der engsten Berater Präsident Roosevelts, nichts, um die amerikanische Regierung zu Rettungsmaßnahmen zugunsten ihrer europäischen Glaubensgenossen zu bewegen. Im Gegenteil: Rosenman widersetzte sich der Gründung einer *rescue agency* und schwächte eine amtliche Verurteilung der deutschen Kriegsverbrechen ab – aus Sorge, die »übertriebene Heraushebung der Juden« könne in den USA zu unerwünschten Reaktionen führen.

Die historische Wasserscheide – der Zeitpunkt, zu dem die amerikanischen Juden ihr politisches Gewicht erstmals voll zur Geltung brachten – bildet das Jahr 1967. Der Sechs-Tage-Krieg und die damals greifbar nahe gerückte Gefahr, Israel werde wieder von der Landkarte verschwinden, machte auch aus Amerikanern, die ihr Judentum bis dahin als Nebensache angesehen hatten, glühende Zionisten. Gewiß, schon vorher hatten die amerikanischen Juden den Aufbau Israels mit Wohlwollen und großzügigen Spenden begleitet. Sogar das *American Jewish Committee* hatte seine antizionistische Linie aufgegeben. Der durchschlagende Erfolg des Romans »Exodus« (1958) und der Eichmann-Prozeß (1961) taten ein übriges, um Sympathien für Israel auch unter Nicht-Juden zu wecken. Das hinderte die Regierung in Washington jedoch nicht, zwischen amerikanischen und israelischen Interessen säuberlich zu unterscheiden: Israels Siegeszug an den Suez-Kanal im November 1956 wurde von Präsident Eisenhower mit harter Hand gestoppt. Mit dem Sechs-Tage-Krieg wurde alles ganz anders. Seitdem steht Israel nicht nur im Mittelpunkt des jüdischen Selbstverständnisses; auch die jüdische Lobby stieg zu einem Machtfaktor auf, mit dem jeder Politiker – besonders wenn er der Demokratischen Partei angehört – rechnen muß.

Die Speerspitze der Lobby ist das bereits genannte *American Israel Public Affairs Committee* (AIPAC) in Washington. 1954 unter dem Namen *American Zionist Council of Public Affairs* als Ein-Mann-Betrieb gegründet, gebietet AIPAC-Direktor Thomas Dine heute über siebzig Angestellte und einen Jahresetat von sechs Millionen Dollar. Sechs Millionen Dollar – das ist eine Menge Geld, aber doch nicht genug, um die bemerkenswerten Erfolge von AIPAC zu erklären. Der wahre Grund liegt in seiner Macht, die jüdischen Wähler im ganzen Land jederzeit mobilisieren zu können. Seit jeher waren die amerikanischen Juden besonders eifrige Wähler. Trotz ihres geringen Bevölkerungsanteils – 5,7 Millionen gleich 2,5 Prozent – bringen sie ihr politisches Gewicht daher voll auf die Waage. Dies um so mehr, als die Juden in der Einkommensskala ganz oben stehen: Ihr Durchschnittseinkommen ist viermal so hoch wie das der weißen Christen. Die Schätzungen, welcher Anteil des Wahlfonds der Demokratischen Partei – der Partei also, der die Mehrheit der Juden traditionell ihre Stimme gibt – aus jüdischen Quellen stammt, schwanken zwischen 30 und 50 Prozent.

Im vorigen Kapitel habe ich von den *political action committees* gesprochen. Gut 60 dieser PACs machen ihre Wahlhilfe ausschließlich davon abhängig, wie die Kandidaten zu Israel stehen. Sie sind der Transmissionsriemen, durch den AIPAC und die übrigen jüdischen Organisationen ihren Einfluß nicht nur in Washington, sondern im ganzen Land geltend machen. Die 45 wichtigsten Organisationen sind in einem Dachverband zusammengeschlossen – nicht etwa, wie der anspruchsvolle Name nahelegen könnte, im *World Jewish Congress*, sondern in der *Conference of Presidents of*

Major American Jewish Organizations, kurz *Presidents' Conference* genannt.

Sich mit den jüdischen Organisationen anzulegen, kann einen Politiker teuer zu stehen kommen. Durch ihre Zustimmung zum Verkauf von AWACS-Flugzeugen an Saudi-Arabien im Jahre 1981 verscherzten sich die Senatoren Charles Percy (Illinois) und Roger Jepsen (Iowa) die Gunst ihrer jüdischen Geldgeber. Die Folgen ließen nicht lange auf sich warten: 1984 verloren beide ihr Mandat. Senator Edward Zorinsky (Nebraska), der den Verkauf ebenfalls gebilligt hatte, wurde zwar wiedergewählt; doch kostete ihn die Abstimmung – *my 250000 dollar vote*, wie er sie bissig nannte – die Unterstützung der jüdischen Wählergruppen: In fünf Städten wurden *fund-raising dinners* über Nacht abgesagt. Im Mai 1975 protestierten 76 Senatoren in einem gemeinsamen Brief an Präsident Ford gegen den Versuch von Außenminister Kissinger, Israel zu einer konzilianteren Haltung im Nahost-Konflikt zu bewegen. Auch Senator Inouye (Hawaii) schloß sich dem Protest an. Zuvor hatte sich Inouye gerühmt, Juden seien in seinem Heimatstaat »so rar wie Schneeflocken«. Seinen Gesinnungswandel begründete er mit der knappen Erklärung: »Es ist einfacher, einen Brief zu unterzeichnen, als fünftausend zu beantworten.«

Vor dem Sechs-Tage-Krieg hatte die amerikanische Regierung Israel billige Kredite in der Größenordnung von 15 Millionen Dollar eingeräumt. Heute erhält es aus Washington Militär- und Wirtschaftshilfe in Höhe von 4 Milliarden Dollar jährlich – wohlgemerkt nicht als Darlehen, sondern geschenkt. Das entspricht ungefähr einem Drittel der gesamten amerikanischen Auslandshilfe. Auch hier ist es in erster Linie AIPAC, das die Geldquelle am Sprudeln hält – etwa durch Einladungen von Kongreßabgeordneten nach Israel, wo sie von Ministern hofiert und bewirtet werden und wo man ihnen die militärische Notwendigkeit nahezubringen sucht, Westjordanien und den Gaza-Streifen auf unabsehbare Zeit besetzt zu halten. An diesem Punkt kommt auch der Holocaust ins Spiel. Die planmäßige Erinnerung an die Konzentrationslager und Gaskammern verfolgt ein klares politisches Ziel: Falls Amerika seine schützende Hand von Israel abzieht – diese Botschaft soll den Amerikanern eingehämmert werden –, dann wäre ein zweiter Holocaust, der Untergang Israels, die sichere Folge. Daß mitten im Herzen Washingtons, auf halbem Wege zwischen Kapitol und Weißem Haus, ein Holocaust-Museum entsteht, wird erst vor diesem Hintergrund verständlich.

Nicht in allem hat AIPAC seinen Kopf durchsetzen können. Die empfindlichste Niederlage mußte es 1981 einstecken, als der Kongreß nach erbittertem Tauziehen dem AWACS-Verkauf an Saudi-Arabien zustimmte. Bis heute hat das State Department dem Drängen widerstanden, die amerikanische Botschaft von Tel Aviv nach Jerusalem zu verlegen – das, ähnlich wie Berlin, keinem der beiden Anrainerstaaten gehört, sondern eine völkerrechtliche Sonderstellung genießt. Auch der von den jüdischen Organisationen vehement bekämpfte Besuch Präsident Reagans auf dem Soldatenfriedhof in Bitburg illustrierte, daß ihrem Einfluß auf die amerikanische Politik Grenzen gesetzt sind.

Von diesen Einzelfällen abgesehen, stellen sich nicht wenige Juden die Frage, ob es wirklich in ihrem Interesse liegt, mit Israel um jeden Preis durch Dick und Dünn zu gehen. Im privaten Gespräch machen auch Vertreter jüdischer Organisationen kein Hehl daraus, daß sie Israels rücksichtslose Besatzungspolitik, die Diskriminierung der Araber und den wachsenden Einfluß orthodoxer Fanatiker abstoßend finden. Ihre Kritik öffentlich zu äußern – davor schrecken die meisten jedoch zurück. Als der *American Jewish Congress* Israel im September 1987 aufforderte, endlich seinen Widerstand gegen eine internationale Nahost-Konferenz aufzugeben, beeilte sich Morris Abram, der Vorsitzende der *Presidents' Conference*, Premierminister Shamir zu versichern, die amerikanischen Juden hätten nicht die Absicht,

von der bewährten Tradition abzugehen, »Israel keine öffentlichen Ratschläge zu erteilen«.
Noch mehr als den Zorn der israelischen Regierung fürchten die amerikanischen Juden von seiten ihrer christlichen Landsleute den Vorwurf der »doppelten Loyalität«. Als sich der ehemalige Gouverneur von Texas, John Connally, 1980 um die republikanische Nominierung für die Präsidentenwahl bemühte, kündigte er an, er werde sich seine Nahost-Politik weder von der israelischen Botschaft noch von der jüdischen Lobby vorschreiben lassen. Diese Bemerkung ruinierte zwar seine Kandidatur; zugleich ließ sie jedoch ahnen, was andere Politiker denken, aber nicht aussprechen. Daß zwei Jahre später die AWACS-Debatte unter dem Motto »Reagan or Begin?« geführt wurde, hat viele Juden aufgeschreckt. Noch peinlicher war der Prozeß gegen den jüdischen Spion Jonathan Pollard. Pollard, ein Angestellter des Pentagon, hatte von Frühjahr 1984 bis zu seiner Festnahme im November 1985 streng vertrauliche Dokumente – insgesamt zehn Kubikmeter – dem israelischen Geheimdienst zum Fotokopieren überlassen. Besondere Empörung erregte es, daß die amerikanischen Staatsanwälte, die zur Aufklärung des Falles nach Israel reisten, von den israelischen Behörden systematisch an der Nase herumgeführt wurden. Die beiden für die Operation verantwortlichen Offiziere wurden nicht nur von jeder Befragung abgeschirmt, sondern obendrein durch Versetzung auf besonders begehrte Posten belohnt.
Dieses provozierende Verhalten zeigte wieder einmal, daß die israelische Regierung der Unterstützung durch die amerikanischen Juden unter allen Umständen sicher zu sein glaubt. Hierin könnte sie sich auf längere Sicht getäuscht haben. Die Invasion in den Libanon und die brutale Niederschlagung der Unruhen in den besetzten Gebieten haben viele Freunde Israels schockiert. Wenn es beim Status quo bleibt, werden sich die Juden in »Groß-Israel« um das Jahr 2010 herum einer arabischen Mehrheit gegenüberfinden.

Spätestens dann wird sich die Frage stellen, ob Israel ein jüdischer Staat bleiben will oder ein demokratischer. Beides zugleich geht nicht. Schon jetzt sind Stimmen zu hören, die die Zustände im Gaza-Streifen mit denen in Soweto vergleichen. Ein »Groß-Israel«, in dem südafrikanische Zustände herrschen, werden die amerikanischen Juden kaum hinnehmen.

Obgleich es in Amerika fünfmal soviele Schwarze gibt wie Juden, ist ihr politischer Einfluß mit dem der jüdischen Lobby nicht zu vergleichen. Gewiß, seit dem Urteil »Brown versus Board of Education of Topeka« (1954), mit dem der Oberste Gerichtshof die Rassentrennung in den Schulen beseitigte, seit dem *Civil Rights Act* (1964), dem *Voting Rights Act* (1965) und dem *Fair Housing Act* (1968) – drei Bundesgesetzen, die jede Form von rassischer Diskriminierung verbieten – haben sie eindrucksvolle Fortschritte gemacht: 1964 gab es in den gesamten Vereinigten Staaten nur 280 schwarze Volksvertreter und Wahlbeamte; heute sind es über 6000. Die Bürgermeister von vier der sechs größten Städte des Landes – Los Angeles, Chicago, Philadelphia und Detroit – sind Schwarze. New York hat einen schwarzen Polizeichef und einen schwarzen Schuldezernenten. Thurgood Marshall, der Anwalt, der den Kläger im Fall »Brown« vertrat, ist seit zwanzig Jahren Richter am *Supreme Court*. Daß das *State Department* seit einigen Jahren gegenüber Südafrika eine schärfere Tonart anschlägt und 1987 sogar einen schwarzen Botschafter nach Pretoria schickte, hat nicht nur außenpolitische Gründe, sondern ist ein Zeichen dafür, daß man in Washington zunehmend Rücksicht auf die schwarzen Wähler nimmt.

Dennoch kann von einer angemessenen Repräsentation noch lange nicht die Rede sein. Von allen Wahlämtern im Lande haben die Schwarzen nur 1,2 Prozent – also ein Zehntel ihres Anteils an der Bevölkerung – erobert. Weder gibt es einen schwarzen Senator noch einen schwarzen Gouverneur – nicht einmal in Staaten wie South Carolina oder Mississippi, wo ein Drittel der Einwohner Schwarze sind. Jesse Jacksons Kandidatur für das Präsidentenamt war überraschend erfolgreich; ernsthafte Aussichten, gewählt zu werden, hatte er jedoch nie.

Einer der Hauptgründe für die unzureichende Berücksichtigung der Schwarzen im öffentlichen Leben Amerikas ist, daß viele von ihnen nicht zur Wahl gehen – sei es aus Apathie oder weil sie glauben, am System doch nichts ändern zu können. Ein zweiter Grund ist ihre wirtschaftliche Lage: Im Gegensatz zu den Juden gehören sie nicht zu den reichsten, sondern zu den ärmsten Einkommensgruppen. Gewiß, es gibt schwarze Millionäre und einen soliden schwarzen Mittelstand, dessen Lebensgewohnheiten sich von denen ihrer weißen *peer group* kaum unterscheiden. Aber die Wahrscheinlichkeit, keine Arbeit zu finden, ist für einen Schwarzen doppelt so hoch wie für einen Weißen. Bei den Jugendlichen ist das Verhältnis noch ungünstiger: Unter den Sechzehn- bis Neunzehnjährigen sind 40 Prozent arbeitslos. 56 Prozent aller weißen Familien, aber nur 29 Prozent aller schwarzen haben ein Jahreseinkommen von mehr als 25 000 Dollar. 67 Prozent aller weißen Familien, aber nur 44 Prozent aller schwarzen besitzen ein Eigenheim. Bedenklich ist auch die große Zahl zerrütteter Familien und außerehelicher Geburten: 40 Prozent aller schwarzen Kinder wachsen ohne Vater auf. Daß viele dieser Kinder auf die schiefe Bahn geraten und bei Drogen und Verbrechen landen, ist kein Wunder. Ein Viertel aller schwarzen Familien ist schon einmal mit dem Gesetz in Konflikt geraten. Unter den amerikanischen *drug-addicts* stellen die Schwarzen 60 Prozent. In der New Yorker Aids-Statistik haben die Fixer von Harlem die Homosexuellen von Greenwich Village längst auf den zweiten Platz verwiesen.

Finanziell besser gestellte Schwarze, die die Gettos verlassen und sich in einem weißen Viertel ansiedeln wollen, kämpfen immer noch mit Schwierigkeiten. Im August 1979 erwarb Tom Porter, ein leitender Angestellter bei IBM, ein

Haus auf den Colonial Heights in Yonkers, einem der exklusiven Wohnvororte von New York. In der ersten Nacht wurde die Familie unsanft aus dem Schlaf gerissen: Das Haus stand in Flammen. Hilflos mußte sie mit ansehen, wie es bis auf den Grund niederbrannte. Bis heute wurde der Brandstifter nicht gefaßt. Auch wenn sich der Unmut der Anwohner nur selten in so drastischer Form äußert – daran, daß auch liberale Weiße den Zuzug von Schwarzen mit gemischten Gefühlen sehen, besteht kein Zweifel. Selbst im günstigsten Fall – wenn sich also die neuen Nachbarn als reinlich und still erweisen – muß man damit rechnen, daß der Wert des Grundstücks sinkt. So überrascht es denn nicht, daß der Zensus von 1980 in den amerikanischen Großstädten eine durchschnittliche Segregationsrate von 86 Prozent zutage förderte. Spitzenreiter ist Chicago mit 92 Prozent. New York, Nummer 24 auf der Liste, steht mit 75 Prozent noch vergleichsweise günstig da.

Mit dem Fortbestand der schwarzen Gettos hängt es auch zusammen, daß die Beseitigung der Rassenschranken nicht den Fortschritt machte, den die Richter im Falle »Brown« erhofft hatten. Zwar ist die Rassentrennung *de jure* aufgehoben; *de facto* blieb sie jedoch vielerorts – vor allem in den großen Städten des Nordens – bestehen. Wohlmeinende Behörden versuchten der Entwicklung nachzuhelfen, indem sie weiße Kinder zwangsweise in schwarze Schulen beförderten. Dieses *busing* stieß auf den erbitterten Widerstand der meisten Eltern, da sie befürchteten, daß ihre Kinder in dem schwarzen Milieu nicht nur schlechte Gewohnheiten annehmen, sondern auch schulisch zurückbleiben würden. Seit ein paar Jahren wird daher eine neue Idee propagiert – nämlich schwarze *magnet schools* durch Ausstattung und qualifiziertes Personal so attraktiv zu machen, daß auch weiße Eltern ihre Kinder freiwillig dorthin schicken. Wieweit man mit dieser Idee kommt, ist letztlich eine Geldfrage. Bisher hat jedenfalls kein amtliches Programm die traurige Tatsache aus der Welt schaffen können, daß im Staat New

York 53 Prozent der schwarzen Oberschüler (20 Prozent der weißen) ihre *high school* ohne Abschluß verlassen. Auch an den Universitäten ist der ohnehin geringe Anteil der schwarzen Studenten – zwischen 8 und 9 Prozent – rückläufig.

Wie man mit diesen Problemen fertig werden soll, darüber sind sich auch die schwarzen Politiker keineswegs einig. Besonders umstritten ist die *affirmative action*, ein unter den Präsidenten Kennedy und Johnson entwickeltes Regierungsprogramm, das die bevorzugte Einstellung von Schwarzen und Frauen vorschreibt. Ob man den Schwarzen mit diesem Programm einen Gefallen tut oder ob man sie dadurch ein für allemal zu Fürsorge-Empfängern stempelt – diese Frage wird mit zunehmender Heftigkeit diskutiert. Eine der Hochburgen der *affirmative action* ist die Post; sie beschäftigt ungewöhnlich viele Schwarze. Wer einmal das zweifelhafte Vergnügen hatte, vor einem amerikanischen Postschalter warten zu müssen, und die heitere, von keinerlei Diensteifer getrübte Schläfrigkeit der Beamten beobachtet, dem drängt sich die Vermutung auf, daß die Abschirmung vor dem Wettbewerb wohl doch nicht der richtige Weg zur Chancengleichheit ist. Fest steht jedenfalls, daß sich die Asiaten ihre Stellung in den Hochschulen und im Wirtschaftsleben ohne amtliche Nachhilfe erkämpft haben. Eingeschworene Bürgerrechtler hören derartige Vergleiche ungern. Gänzlich verpönt sind Versuche, das Nachhinken der Schwarzen auf kulturelle oder gar genetische Ursachen zurückzuführen. Als der Psychologe Arthur Jensen 1969 Forschungsergebnisse veröffentlichte, die auf einen um 15 Punkte niedrigeren Intelligenzquotienten von Schwarzen hindeuteten, wurde er nicht nur als Rassist beschimpft; er konnte auch seinen Hörsaal in Berkeley nur noch unter dem Schutz von Leibwächtern betreten.

Von den Ureinwohnern des Kontinents, den Indianern, ist, wenn es um *ethnicity* oder Assimilation geht, nur selten die Rede. Als sich der Häuptling Tecumseh im Krieg von 1812 auf die Seite der Briten schlug, war ihr Schicksal besiegelt.

Durch Kämpfe und Seuchen dezimiert, wurden sie in Reservate abgedrängt. Ein Versuch der Häuptlinge Crazy Horse und Sitting Bull, die alten Jagdgründe zurückzuerobern, wurde blutig niedergeschlagen. Über die Behandlung der – knapp 300 – Reservate ist sich die Regierung bis heute nicht schlüssig geworden: Phasen der Amerikanisierung wechselten mit Phasen der Autonomie. 1924 erhielten die Indianer das Bürgerrecht. Von insgesamt 1,5 Millionen lebt etwa die Hälfte außerhalb der Reservate, zumeist in ärmlichen Verhältnissen. In den Reservaten selbst sind die Zustände noch schlimmer: Die Arbeitslosenquote schwankt zwischen 18 und 66 Prozent. Unkas und Winnetou, die Helden unserer Jugendzeit, wären heute vermutlich Empfänger von Sozialhilfe.

Der häßliche Amerikaner

Man sollte meinen, in einem Volk, das aus allen Gegenden der Welt zusammengeströmt ist, besonders gute Kenntnisse des Auslands vorzufinden. Davon kann jedoch keine Rede sein. Das Gegenteil ist der Fall. Es mag sein, daß die Anekdote von den amerikanischen Musikfreunden, die im Juli 1958 ihre Karten für die Bayreuther-Festspiele »wegen der Unruhen« zurückgaben, dem Reich der Fabel angehört: Kurz zuvor hatte Präsident Eisenhower Truppen nach Beirut geschickt. Leider keine Fabel sind dagegen die höchst nebelhaften Vorstellungen von der europäischen Geographie, mit denen Präsident Roosevelt seinem Verhandlungspartner Stalin in Teheran und Jalta gegenübertrat. Daß er Stalin für einen im Grunde gutherzigen *Uncle Joe* hielt, machte die Sache nicht besser. Ein Test unter *high school seniors*, also Schülern der Abschlußklassen von Oberschulen, enthüllte, daß 40 Prozent der Befragten Israel für ein arabisches Land hielten. 42 Prozent waren außerstande, »einen Staat am Pazifischen Ozean« zu nennen. 50 Prozent wußten nicht, welche Seite die amerikanische Regierung im nicaraguanischen Bürgerkrieg unterstützte – was vielleicht verzeihlich war, da manche Kongreß-Abgeordneten dies auch nicht zu wissen schienen.

»Anders, begreif ich wohl, als sonst in Menschenköpfen«, sagt König Philipp zum Marquis Posa, »malt sich in diesem Kopf die Welt.« Wie sich die Welt in amerikanischen Köpfen malt, das kann man im größten Vergnügungspark des Landes miterleben – der *Walt Disney World* in Florida. Male-

risch um eine künstliche Lagune gruppiert, repräsentieren zehn Dörfer – mit importiertem Personal – die touristisch ergiebigsten Länder der Erde. Neben den USA sind Mexiko, Kanada, England, Frankreich, Deutschland, Italien, Marokko, China und Japan vertreten. Südamerika, Schwarzafrika, der größte Teil Asiens und der Ostblock fehlen. »Frankreich« ist eine Mischung aus Bistro, Rue de Rivoli und Eiffelturm. »Italien« besteht aus Markusplatz, Pasta und venezianischem Glas; im Restaurant »Alfredo« singen die Kellner Opernarien. »Germany«, zwischen Italien und China gelegen, hat folgende Abteilungen: »Der Bücherwurm«, »Der Teddybär«, »Weinkeller«, »Süßigkeiten«. Der Deutsche als Kreuzung von Kuckucksuhr, Marzipan und blauer Blume der Romantik – »hier wird's Ereignis«.
Nun mag man einwenden, daß es sich hier um nationale Klischees handelt, die nicht nur in Amerika zu finden sind, sondern die sogar von unserer eigenen Fremdenverkehrswerbung verbreitet werden. Daß dieses allzu harmlose Bild freilich auch eine weniger harmlose Kehrseite hat, zeigt sich in den ungeheuer populären »Rambo«- und »Rocky«-Filmen, in denen Vietnamesen und Russen als sadistische Monstren und Untermenschen dargestellt werden. Im Film »Invasion U.S.A.« (1984) beobachten sowjetische Soldaten, wie ein kleines Mädchen den Weihnachtsbaum schmückt und strecken es dann mit einer Maschinengewehrsalve nieder. Wenn Sylvester Stallone in »Rocky IV« (1985) das Gesicht des sowjetischen Boxers Drago in eine blutige Masse verwandelt, dann geht das Kinopublikum begeistert mit. Jeder Treffer wird von Applaus und ermunternden Zurufen – »Go, Rocky, go!« – begleitet.
Vom Fernsehen ist auch keine Aufklärung zu erwarten. Im Februar 1987 zeigte ABC, eine der drei großen Anstalten des Landes, »Amerika« – den längsten und teuersten Fernsehfilm der Geschichte. In diesem vierzehneinhalbstündigen Epos werden die Vereinigten Staaten als sowjetische Kolonie geschildert: Das Kapitol ist zerstört; die Kongreß-Abge-

ordneten wurden hingerichtet oder in Straflager verbannt. In Washington regiert ein vom KGB kontrolliertes Marionettenregime. Die Polizeigewalt liegt in den Händen des *United Nations Special Services Unit* (UNSSU) – brutaler Schwarzhemden, die das Kürzel SS nicht zufällig im Namen tragen. (Für den sowjetischen »Berater« der amerikanischen Regierung und den aus der DDR stammenden UNSSU-Kommandanten engagierte ABC zwei deutsche Schauspieler, die über den erforderlichen harten Akzent verfügten.) Kindern wird in der Schule kommunistisches Gedankengut eingeimpft; bei Widerspenstigen erzielt notfalls biochemische Gehirnwäsche die erwünschte Wirkung. Und so weiter.

Gewiß, Filme wie »Amerika« stehen nicht alle Tage auf dem Programm. Wohl aber die Nachrichten, die für die weitaus meisten Amerikaner die wichtigste Informationsquelle sind. Hier liegt das Problem nicht so sehr in der tendenziösen Darstellung des Auslands, sondern in seiner nahezu totalen Vernachlässigung. Von einigen Krisenherden wie Israel oder Mittelamerika abgesehen, kommen fremde Länder nur im Falle einer Naturkatastrophe, der Emordung des Regierungschefs oder der Entführung eines amerikanischen Staatsbürgers auf den Bildschirm. Ein typisches Beispiel war die Behandlung der letzten Bundestagswahlen. Am Wahlsonntag fand auch der *Super Bowl*, das Endspiel um die *Football*-Meisterschaft, statt. Mit ihm beschäftigten sich die Nachrichtensendungen der drei Anstalten CBS, NBC und ABC zu 80 Prozent. Danach war gerade noch Zeit für einen Brand in Brooklyn und den Wetterbericht. Die deutschen Wahlen wurden keines Wortes gewürdigt.

Unkenntnis des Auslands ist sogar bei Beamten anzutreffen, die für das Gegenteil bezahlt werden. Im Juni 1986 verweigerte die amerikanische Einwanderungsbehörde dem Schauspielhaus Bochum und dem Pariser Opernballett die Einreise. Als Grund gab die Behörde an, die künstlerische Qualität der Gäste sei nicht hinreichend glaubhaft gemacht worden. Erst nachdem das deutsche und das französische

Konsulat interveniert hatten, konnten die beiden Gastspiele stattfinden. Geradezu legendär ist die Ahnungslosigkeit mancher Botschafter, die ihre Stellung nicht einer erfolgreichen diplomatischen Laufbahn, sondern guten Beziehungen zum Weißen Haus verdanken. Im Sommer 1957 ernannte Präsident Eisenhower Maxwell H. Gluck, den Inhaber einer Ladenkette, zum Botschafter in Ceylon. Gluck hatte 30000 Dollar zum republikanischen Wahlkampf beigesteuert. Am 31. Juli wurde Gluck vom Auswärtigen Ausschuß des Senats, der die Ernennung zu bestätigen hatte, einvernommen. Hierbei entspann sich mit dem Ausschuß-Vorsitzenden, Senator Fulbright, folgender Dialog:

Fulbright: Welches sind die Probleme in Ceylon, von denen Sie glauben, daß Sie zu ihrer Lösung beitragen können?

Gluck: Eines der Probleme sind die Menschen dort. Ich glaube, ich kann - ich denke schon, daß ich – es sei denn, daß wir – ich meine: wenn ich nicht auf Dinge stoße, auf die ich noch nie gestoßen bin – gute Beziehungen und ein gutes Gefühl gegenüber den Vereinigten Staaten...

Fulbright: Kennen Sie unsern Botschafter in Indien?

Gluck: Ich kenne John Sherman Cooper, den früheren Botschafter.

Fulbright: Wissen Sie, wer Premierminister von Indien ist?

Gluck: Ja, aber ich kann seinen Namen nicht aussprechen.

Fulbright: Wissen Sie, wer Premierminister von Ceylon ist?

Gluck: Ich kann mich im Augenblick nicht darauf besinnen.

Der Name des indischen Premierministers, den Mr. Gluck nicht aussprechen konnte, war Nehru. Trotz seiner blamablen Wissenslücken bestätigte der Senat die Ernennung.

In ihrem Bestseller »The Ugly American« (1958) haben William Lederer und Eugene Burdick in Romanform gekleidet, was oft genug beklemmende Wirklichkeit ist. Die Geschichte, die sie erzählen, spielt in »Sarkhan«, einem asiatischen Land, hinter dem sich, kaum verhüllt, Vietnam verbirgt. Der amerikanische Botschafter Sears, ein fülliger, rotgesichtiger Mann, versteht von der Landessprache nur ein paar Brocken, auch die innenpolitischen Querelen der »komischen kleinen Affen« sind ihm unverständlich. Sein Presseattaché Joe Bing ist ein jovialer Bursche, der laut lacht und viel trinkt. »Seit zwei Jahren war nicht ein einziger Asiate auf seinen Parties. Bei seiner ersten gab es nur Alkohol, wo doch Buddhisten und Moslems nur Fruchtsaft, Wasser oder Milch trinken. Das hat sich natürlich herumgesprochen.« Auch wenn Lederer und Burdick manches polemisch überzeichnet haben – frei erfunden sind Typen wie Sears und Bing nicht.

Daß die »komischen kleinen Affen« keineswegs nur in Asien und anderen unterentwickelten Weltgegenden anzutreffen sind, mußten im April 1987 die Österreicher zur Kenntnis nehmen, als das *State Department* Kurt Waldheim auf die *watch-list* seiner Botschaften und Konsulate setzte. Den Präsidenten eines befreundeten Landes mitten im Frieden zur unerwünschten Person zu erklären und mit Mördern, Zuhältern und Drogenhändlern ins Verbrecheralbum aufzunehmen – so etwas hatte es in der Geschichte der Diplomatie noch nicht gegeben. Daß die Ereignisse, auf die sich die Entscheidung bezog, 44 Jahre zurücklagen, schien das Ministerium ebensowenig zu stören wie die mit geringem Scharfsinn vorauszusehende Folge, durch die Demütigung ihres Staatsoberhaupts alle Österreicher zu beleidigen.

Was hier wieder einmal zutage trat, war die fatale Neigung amerikanischer Regierungen, sich ihre Außenpolitik von innenpolitischen Stimmungen diktieren zu lassen. Um den Jüdischen Weltkongreß, der die Waldheim-Kampagne angezettelt hatte, und die Ostküsten-Presse zufriedenzustellen, wurde ein kleines Land, das sich nicht wehren konnte, rüde vor den Kopf gestoßen – und das ausgerechnet in einem Augenblick, in dem die Sowjetunion Westeuropa mit verführerischen Angeboten umwarb. Von der im einschlägigen Gesetz – dem sogenannten *McCarren-Walter Act* – vorgesehenen Möglichkeit, auch Michail Gorbatschow und die übrigen Regierungschefs des Ostblocks auf die *watch-list* zu setzen, machte das *State Department* selbstverständlich keinen Gebrauch. Wenn es darauf ankommt, ist man in Washington durchaus bereit, die Kutte des Moralapostels an den Nagel zu hängen und zur nüchternen Tagesordnung zurückzukehren.

Die Versuchung, den Moralapostel zu spielen, ist allerdings stark. Die meisten Amerikaner können sich Außenpolitik nur als Kampf des Guten gegen das Böse vorstellen – wobei die Vereinigten Staaten natürlich das Gute verkörpern. Das Wort »Realpolitik« hat im Vokabular der amerikanischen Professoren und Publizisten einen üblen, machiavellistischen Klang. Als Ronald Reagan die Sowjetunion *the focus of evil in the modern world* (»den Brennpunkt des Bösen in der heutigen Welt«) nannte, knüpfte er an eine lange Vorgeschichte an. Die Gründerväter wollten mit den Kabinettskriegen und dynastischen Händeln Europas nichts zu tun haben. »Ich wünschte«, schrieb Thomas Jefferson, »zwischen uns und der Alten Welt läge ein Ozean von Feuer. Wenn es nach mir ginge, dann würde ich raten, mit Europa weder Handel noch Schiffahrt zu treiben, sondern sich gegenüber diesem Erdteil genauso zu verhalten wie China.« Die isolationistische Philosophie, die sich hier ausspricht, beherrschte die amerikanische Außenpolitik bis zum Ersten Weltkrieg.

Als sich Woodrow Wilson, der 1916 unter dem Slogan »He kept us out of war« (Er bewahrte uns vor dem Krieg) wiedergewählt worden war, schließlich zum Kriegseintritt entschloß, geschah dies nicht etwa in Wahrnehmung klar formulierter politischer Interessen, sondern unter moralischen Vorzeichen. »Das amerikanische Volk«, erklärte er in seiner ersten Jahresbotschaft an den Kongreß, »wünscht Frieden, indem es das Böse überwindet und die finsteren Mächte, die ihn stören, ein für allemal besiegt.« Es wäre falsch, hierin nur eine amerikanische Spielart des *cant* zu sehen, jener den Briten zugeschriebenen Heuchelei, die Gott im Munde führt, während sie Baumwolle meint. Schon 1915 hatte Wilson, der nicht zufällig aus einem Pfarrhaus stammte, in einer Kabinettssitzung die Deutschen als »wilde Tiere« bezeichnet, gegen die sich die westliche Zivilisation zur Wehr setzen müsse.

Freilich waren die frommen Sprüche aus Washington den Alliierten nur willkommen, solange der Krieg dauerte. Bei den Friedensverhandlungen in Versailles mißlang es Wilson gründlich, aus Amerikas militärischer Überlegenheit politisches Kapital zu schlagen. Seine berühmten »Vierzehn Punkte« tat Clemenceau mit der boshaften Bemerkung ab, Gott habe sich mit zehn Punkten begnügt. Der schwerste Schlag erwartete Wilson nach seiner Rückkehr aus Versailles: Der Kongreß verweigerte die Ratifizierung des Friedensvertrags und damit auch den Beitritt zum Völkerbund, für den gerade Wilson leidenschaftlich geworben hatte. Amerika kehrte zum Isolationismus zurück.

Im Zweiten Weltkrieg wiederholte sich das Szenario des Ersten. Wieder zögerte der Kongreß, sich in die europäischen Zwistigkeiten hineinziehen zu lassen. Der japanische Angriff auf Pearl Harbor und die deutsche Kriegserklärung nahmen ihm schließlich die Entscheidung ab. Wie schon der Erste wurde auch der Zweite Weltkrieg in Amerika nicht als militärischer Machtkampf, sondern als Kreuzzug gegen das Böse verstanden – diesmal gewiß mit mehr Berechtigung als 1917/18.

Das Kriegsende brachte dann die entscheidende Wende in der amerikanischen Außenpolitik: Die Polarisierung der Welt in Ost und West und das Auftreten eines zweiten Bösewichts, nachdem man den ersten soeben niedergerungen hatte, veranlaßte Präsident Truman am 12. März 1947 zur Verkündung der sogenannten Truman-Doktrin. Amerika, erklärte er, werde »alle freien Völker unterstützen, die sich der Unterjochung durch bewaffnete Minderheiten oder durch Druck von außen widersetzen«. Der Demokrat Truman war klug genug, sich bei diesem radikalen Bruch mit der Tradition auch der Unterstützung der Republikaner zu versichern. Es war Senator Arthur Vandenberg, der angesichts der Bedrohung für Griechenland und die Türkei die Opposition auf den Kurs der Regierung einschwor.

Nach dem kommunistischen Staatsstreich in Prag und der Berlin-Blockade warf Truman sogar den geheiligten Grundsatz der Bündnisfreiheit (*no entangling alliances*) – über Bord: Im Nordatlantikpakt verpflichteten sich die USA, jeden Angriff auf Europa wie einen Angriff auf ihr eigenes Staatsgebiet abzuwehren. Ein Versuch des isolationistischen Flügels der Republikaner, zur *Go it alone*-Politik der Vergangenheit zurückzukehren, scheiterte, als der Vertreter dieser Politik, Senator Robert Taft, 1952 bei der Nominierung des Präsidentschaftskandidaten dem populären General Eisenhower unterlag. Seitdem ist der Isolationismus in Amerika keine ernstzunehmende politische Kraft mehr.

Eisenhowers Außenminister war sogar ein besonders eifriger Verfechter von Wilsons und Roosevelts Kreuzzugsideen. Nicht von ungefähr trägt die maßgebende Beschreibung seines Lebens (von Townsend Hoopes) den Titel »The Devil and John Foster Dulles«. Nach dem Vietnam-Krieg – dem ersten, den die Amerikaner verloren – verkehrten sich zwischen den beiden großen Parteien geradezu die Fronten: Heute sind es vor allem die Demokraten, die vor einem allzu strammen Antikommunismus warnen und die sich SDI, dem Lieblingsprojekt Präsident Reagans, und der Unterstützung der »Contras« widersetzen. Sie haben damit zu einer Position zurückgefunden, die der der europäischen Linken nahekommt. Daß es durchweg demokratische Präsidenten waren, die Amerika in den Krieg führten – Wilson in den Ersten, Roosevelt in den Zweiten Weltkrieg, Truman in den Korea-Krieg, Kennedy und Johnson in den Vietnam-Krieg –, möchten die Demokraten heute am liebsten vergessen.

Es ist nicht ausgeschlossen, daß das Moskauer Tauwetter und das Abkommen über die Mittelstreckenraketen auch bei den Republikanern eine neue Phase des Pragmatismus einleitet. Für ein abschließendes Urteil ist es noch zu früh. Das Gespann Nixon–Kissinger hatte eine solche Politik bereits Ende der sechziger Jahre angebahnt, hinterließ sie jedoch – durch die Watergate-Affäre erst lahmgelegt und dann aus dem Amt getrieben – als Torso. Im politischen Alltag hat sich auch Ronald Reagan Moskau gegenüber weitaus pragmatischer verhalten, als es seine Brandreden gegen das *evil empire* vermuten ließen. Im Sommer 1986 gestattete er nicht nur die Ausfuhr amerikanischen Weizens in die Sowjetunion, sondern erklärte sich sogar bereit, sie zu subventionieren: Wenn es um die Bauern geht, dann haben – in Amerika nicht anders als in Europa – selbst die heiligsten Kühe ihr Leben verwirkt.

Auch nach dem sowjetischen Rückzug aus Afghanistan gibt es immer noch genügend Reibungsflächen zwischen Amerika und der Sowjetunion, die ein »neues Jalta«, wie es vor allem die Franzosen fürchten, in weite Ferne rücken: Kambodscha, Angola, Äthiopien – das sind nur einige der Krisenherde, die Präsident Reagan den Sowjets bei jeder sich bietenden Gelegenheit unter die Nase reibt. Ganz allgemein herrscht in Washington die Neigung, sämtliche Vorgänge in der sogenannten »Dritten Welt« – schon der Ausdruck ist verräterisch – als Funktion des Ost-West-Konflikts anzusehen und hinter regionalen Auseinandersetzungen, Staatsstreichen und Bürgerkriegen stets Drahtzieher im Kreml zu wittern.

Aber selbst wenn wir einmal annehmen, daß alle Konflikte aus dieser Welt verschwinden und daß die Sowjetunion die Auswanderung der Juden – ein besonderes Anliegen Washingtons – in großem Stile zuläßt, bliebe die friedliche Koexistenz der beiden Supermächte fragwürdig. Dazu ist der moralische Antrieb der amerikanischen Außenpolitik einfach zu stark. Keine Administration in Washington wird ein totalitäres Regime als gleichwertigen Partner akzeptieren.

Einen Sonderfall im Kosmos der amerikanischen Außenpolitik bildet Mittelamerika. Seit dem 2. Dezember 1823 – dem Tage, an dem Präsident Monroe den europäischen Mächten sein »Hände weg von Amerika!« zurief – beanspruchen die Vereinigten Staaten auf dem Kontinent die Hegemonie. 1845, als sie sich anschickten, ihrem mexikanischen Nachbarn Texas und Kalifornien zu entreißen, erschien im »United States Magazine« ein ungezeichneter Leitartikel aus der Feder des bekannten Journalisten John O'Sullivan. In diesem Artikel war von der »offenkundigen Bestimmung« der USA die Rede, »sich über den Erdteil auszubreiten, der ihm von der Vorsehung zugewiesen wurde, um unseren sich vermehrenden Millionen freie Entfaltungsmöglichkeiten zu bieten«. Das Schlagwort vom *manifest destiny* mußte seitdem immer dann herhalten, wenn es darum ging, Gebietserweiterungen im Süden oder Westen zu rechtfertigen.

Noch einen Schritt weiter ging Präsident McKinley: Im Jahre 1899 vertraute er einer Gruppe methodistischer Pfarrer an, Gott selbst habe ihm befohlen, Kuba, Puerto Rico und die Philippinen zu annektieren. McKinleys Nachfolger Theodore Roosevelt ergänzte die Monroe-Doktrin durch das sogenannte *Roosevelt Corollary*: Rechtsbrüche und anarchische Zustände, erklärte er 1904 in seiner Jahresbotschaft an den Kongreß, könnten in der westlichen Hemisphäre nicht geduldet werden. »In flagranten Fällen kann die Monroe-Doktrin die Vereinigten Staaten, ob sie dies wollen oder nicht, dazu zwingen, in Ausübung internationaler Polizeigewalt einzuschreiten.« Bis zum Ersten Weltkrieg haben die USA mehrfach Truppen nach Mittelamerika ge-

schickt. Kuba und Panama erkannten das Interventionsrecht sogar vertraglich an.
Auch wenn sich heute kein amerikanischer Politiker mehr auf Gott oder »Teddy« Roosevelt berufen würde – tief in ihrem Innern sperren sich viele dagegen, in den Staaten Mittelamerikas etwas anderes zu sehen als Protektorate mit beschränkter Autonomie. Gewiß, offiziell hat Washington 1933 im Pakt von Montevideo dem *big stick* und dem Interventionsanspruch entsagt. Aber das mißglückte Abenteuer in der Schweinebucht, die Landung in Grenada, die Unterstützung der »Contras« (bei gleichzeitiger Aufrechterhaltung der diplomatischen Beziehungen zu den Sandinisten) und die Versuche, den starken Mann von Panama, General Noriega, zu beseitigen – alle diese Fälle zeigen, daß Washington nicht gewillt ist, mißliebigen Entwicklungen auf dem amerikanischen Kontinent tatenlos zuzusehen.
Es ist leicht, vom sicheren europäischen Port die amerikanische Politik als »imperialistisch« zu brandmarken und der sowjetischen Intervention in Afghanistan zur Seite zu stellen. Immerhin hat die kubanische Raketen-Krise von 1962 bewiesen, daß die amerikanischen Befürchtungen nicht immer aus der Luft gegriffen sind. Auch ist kaum zu bestreiten, daß manche lateinamerikanischen Regierungen den Kampf gegen die Großunternehmer, die die Welt mit Rauschgift versorgen, entweder auf die leichte Schulter nehmen oder zu schwach sind, um etwas gegen sie auszurichten.
Die andere Seite der Medaille ist, daß die *gringos* in Lateinamerika keinen guten Ruf haben. Wer die Fresken Diego Riveras in Mexiko gesehen hat, weiß, daß ihnen vielerorts blanker Haß entgegenschlägt. Natürlich wissen die Politiker, daß fast alle ihre Länder ohne die enge wirtschaftliche Verflechtung mit den USA, ohne Umschuldungsabkommen und Entwicklungshilfe bankrott wären: Ein Viertel des Staatshaushalts von Costa Rica und der Dominikanischen Republik wird vom amerikanischen Steuerzahler aufgebracht; in Honduras und El Salvador ist es ein Drittel. Aber

mit Geld allein kann man die Herzen der Menschen nicht erobern. Im Gegenteil: Das Gefühl der wirtschaftlichen Abhängigkeit macht alles noch viel schlimmer.

»Das Bild der USA, das sich bei uns festgesetzt hat«, schreibt der mexikanische Diplomat und Dichter Carlos Fuentes, »ist das einer Demokratie im Innern und einer imperialistischen Macht nach außen – *Dr. Jeckyll at home, Mr. Hyde in Latin America.* Das wird uns nicht hindern, die demokratischen Errungenschaften der Vereinigten Staaten und ihre kulturellen Leistungen weiterhin zu rühmen. Aber wir werden uns ebenso nachdrücklich ihrer anmaßenden und gewalttätigen Politik gegenüber Lateinamerika widersetzen. Wir tun es unter Schmerzen, denn es gibt in den USA soviele Dinge, die wir lieben. Wir denken auch gar nicht daran, die USA mit der Sowjetunion auf eine Stufe zu stellen. Die Sowjets benehmen sich imperialistisch nach innen wie nach außen; insofern sind sie durchaus konsequent. Die Vereinigten Staaten, indem sie sich in ihrer Einflußsphäre wie die Russen aufführen, versündigen sich gegen das Gesetz, nach dem sie selbst angetreten sind.«

Gottes eigenes Land

»Wir sind berufen«, schrieb Ex-Präsident Thomas Jefferson 1816 an seinen Vorgänger John Adams, »einen Wall gegen die Wiederkehr von Ignoranz und Barbarei zu bilden.« Senator Albert Beveridge, einer der entschiedensten Verfechter von Theodore Roosevelts imperialistischer Politik, erklärte: »Gott hat das angelsächsische und deutsche Volk nicht tausend Jahre lang vorbereitet, damit sie in eitler Selbstbespiegelung versinken. Er hat uns zu Zuchtmeistern einer Welt bestimmt, in der das Chaos herrscht. Er hat uns regieren gelehrt, auf daß wir über senile und wilde Völker unsere wohltätige Herrschaft ausüben. Amerika ist sein auserwähltes Volk, das die Welt dereinst erneuern wird.« In seiner monumentalen »History of the United States« (1834–76) nannte George Bancroft Christi Geburt und die Gründung der Vereinigten Staaten »die beiden wichtigsten Ereignisse in der Geschichte der Menschheit«. Amerika als Arche Noah, als gelobtes Land, als neues Kanaan – das ist eine Vorstellung, die nicht nur die Pilgerväter beseelte; sie hat noch immer ungezählte Anhänger.

Gewiß, den Glauben, das von Gott auserwählte Volk zu sein, finden wir auch anderswo. Die Chinesen wähnten sich im »Reich der Mitte«. Noch immer gibt es Franzosen, die den Mythos von der *grande nation* sehr ernst nehmen. Den Juden ist der Anspruch auf eine Vorzugsstellung in Gottes Heilsplan so in Fleisch und Blut übergegangen, daß David Ben Gurion, ohne mit der Wimper zu zucken, behaupten konnte, Israel sei »das Licht der Völker«. Auch die Deutschen glaubten eine Zeitlang, mit der Vorsehung auf besonders gutem Fuße zu stehen – wie sich herausstellte, zu Unrecht. »Selbst die einfachsten Stämme, die ich auf meinen Reisen angetroffen habe«, berichtet der Ethnologe Konrad Preuß, »hatten ihren Schöpfer, der besonders für sie die Welt schuf und sie als erste Menschen ins Dasein rief.« Die brasilianischen Mundurucu-Indianer teilen die Welt in sich und *pariwat* – alle übrigen – ein. Die *pariwat* gelten als Jagdwild; man spricht von ihnen wie von Tieren. Zwischen dem Nationalstolz der Amerikaner und der Indianer besteht allerdings ein gewichtiger Unterschied: Die Mundurucus haben niemals versucht, ihren Lebensstil in andere Länder zu exportieren.

Die unter amerikanischen Politikern verbreitete Überzeugung von der gottgewollten Vortrefflichkeit ihres Landes besagt natürlich nicht, daß sie allesamt fromm wären. Im Gegenteil: Schon am Christenglauben der Gründerväter darf gezweifelt werden. Thomas Paine, dessen wortgewaltige Flugschriften in den Kolonien den Wunsch nach Unabhängigkeit entfachten, war erklärter Deist. Noch auf dem Sterbebett weigerte er sich, den Gedanken an eine Rückkehr in den Schoß der Kirche auch nur in Erwägung zu ziehen. Auf dem Hochaltar der St. Thomas Church an der New Yorker Fifth Avenue ist unter Kirchenvätern und Heiligen auch George Washington verewigt. Er selbst ging Gottesdiensten möglichst aus dem Wege. Auch Jefferson und Lincoln hielten zur Kirche kühle Distanz. Eisenhower ließ sich erst taufen, nachdem ihn die Republikaner zum Präsidentschaftskandidaten nominiert hatten. Zahlreicher freilich sind die Gegenbeispiele. In jüngerer Zeit machte vor allem Jimmy Carter durch sein betont zur Schau getragenes Christentum von sich reden. Im Wahlkampf von 1988 bewarben sich nicht weniger als zwei ordinierte Pastoren um das höchste Amt im Staat: Jesse Jackson für die Demokraten, Marion G. (»Pat«) Robertson für die Republikaner.

Aufs ganze gesehen, kann man die Amerikaner getrost ein

gottesfürchtiges Volk nennen. »Es gibt kein Land der Welt«, bemerkte schon Tocqueville, »in dem die Religion eine so große Macht über die Seelen der Menschen ausübt wie in Amerika.« Verglichen mit Irland und Polen, dem Iran und Lateinamerika, mag das übertrieben sein. Verglichen mit Westeuropa, trifft Tocquevilles Diktum noch heute ins Schwarze. Nach einer Erhebung, die das Gallup-Institut 1981 in mehreren Ländern veranstaltete, glauben 95 Prozent aller erwachsenen Amerikaner an Gott. In Italien sind es 84, in der Bundesrepublik 72, in Frankreich 62, in Schweden 52 Prozent. An Himmel und Hölle glauben 84 bzw. 67 Prozent der Amerikaner, aber nur 31 bzw. 14 Prozent der Deutschen. 43 Prozent der Amerikaner gehen mindestens einmal wöchentlich zum Gottesdienst; in der Bundesrepublik sind es 21 Prozent. In keiner Universität fehlt die Kirche; meist ist sie das beherrschende Bauwerk auf dem Campus. Auch der Kongreß besitzt selbstverständlich einen Gebetsraum.

Das Überraschende an dieser Religiosität ist, daß sie seit dem Zweiten Weltkrieg noch zunimmt: Im Jahre 1940 gehörten 64,5 Millionen Amerikaner einer religiösen Gemeinschaft an. 1960 waren es 114,5 Millionen. Heute sind es 143 Millionen. Dazu muß man wissen, daß in den USA – anders als in der Bundesrepublik – Kirche und Staat streng voneinander getrennt sind. Weder gibt es eine Kirchensteuer noch kann die Kirche ihren Mitgliedern mit staatlicher Hilfe den Austritt erschweren. Wer sich in Amerika zu einer Religionsgemeinschaft bekennt, ist ihr nicht nur nominell, sondern in aller Regel aktiv verbunden. Gewiß, über den Tiefgang des religiösen Interesses ist damit noch nichts gesagt: Ein Test in den fünfziger Jahren enthüllte, daß 53 Prozent der befragten Christen nicht ein einziges Buch des Neuen Testaments zu nennen wußten. In kleinen und mittleren Städten ist die Zugehörigkeit zu einer Gemeinde nahezu unvermeidlich. Wer hier außerhalb der Kirche bleibt, verzichtet nicht nur auf einen Klub, eine Nachrich-

tenbörse und ein Eheanbahnungsinstitut; er stellt auch seine gesellschaftliche Reputierlichkeit in Frage.
In einem Aufsatz über »Kirchen und Sekten in Nordamerika« berichtet Max Weber vom Erstaunen eines deutschen Nasenspezialisten, der sich in Cincinnati niedergelassen hatte. Auf die Frage nach der Natur seiner Beschwerden gab ihm sein erster Patient die Antwort: »I am from the Second Baptist Church in X-Street.« Webers Kommentar dazu: »Ätiologisch stand dieser Umstand natürlich mit dem Nasenleiden nicht in Verbindung. Dagegen sollte er etwas anderes, für den Arzt nicht Gleichgültiges besagen, nämlich: Sei wegen deines Honorars unbesorgt!« So treffend Webers Beobachtung ist – daraus zu folgern, die Frömmigkeit der Amerikaner sei nichts weiter als eine oberflächliche Konvention, hieße das Christkind mit dem Bade ausgießen.
Vor der Trennung von Kirche und Staat durch den ersten Verfassungszusatz war in neun der dreizehn Kolonien nur ein einziges – protestantisches – Bekenntnis zugelassen: Man war entweder *Anglican, Congregationalist* oder *Dutch Reformed*. Ja, sogar an religiösen Verfolgungen fehlte es nicht: Die Rücksichtslosigkeit, mit der in Massachusetts Quäkern, Baptisten und anderen »Sektierern« das Leben schwergemacht wurde, führte schließlich zur Gründung der toleranten Kolonien Rhode Island und New Hampshire. (Es ist kein Zufall, daß in Massachusetts noch Ende des 17. Jahrhunderts »Hexen« angeklagt und hingerichtet wurden.)
Wo im Einzelfall die Trennungslinie zwischen Kirche und Staat verläuft, ist noch heute heftig umstritten. Immer wieder kommt es zu gerichtlichen Auseinandersetzungen über die Zulassung bestimmter Schulbücher oder die Aufstellung von Krippen und Weihnachtsbäumen an öffentlichen Orten. Hinsichtlich der Krippen hat der *Supreme Court* entschieden, ihre Aufstellung sei statthaft, wenn sie mit »anderen Symbolen der Jahreszeit« verbunden werde. Gemeinsame Gebete sind in öffentlichen Schulen untersagt. Doch ermächtigten 25 Bundesstaaten ihre Schulen zu Schweige-

minuten *for quiet and private contemplation and introspection* (so der Wortlaut des einschlägigen Gesetzes von New Jersey).

In den Südstaaten lassen die Fundamentalisten nicht von Versuchen ab, den »Affenprozeß« nachträglich doch noch zu gewinnen. Dieser vielzitierte Prozeß fand 1925 in Dayton, einer verschlafenen Kleinstadt in Tennessee, statt. Angeklagt war der Lehrer John T. Scopes. Man warf ihm vor, unter Verstoß gegen ein in Tennessee geltendes Gesetz statt der biblischen Schöpfungsgeschichte die Abstammungslehre von Charles Darwin verbreitet zu haben, die den Menschen bekanntlich als höher entwickelten Affen ansieht. Zur Verstärkung der Anklage war der ehemalige Außenminister William Bryan, ein eifriger Anhänger der wörtlichen Bibelexegese, herbeigeeilt. Die Verteidigung des Lehrers hatte Amerikas bekanntester Anwalt, Clarence Darrow, übernommen. Die Rededuelle zwischen den beiden Stars endeten mit einer blamablen Niederlage Bryans; wenige Tage später raffte ihn ein Herzschlag dahin. Dieses melodramatische Ende und die Aufhebung des Schuldspruchs – Scopes war zu einer Geldstrafe von 100 Dollar verurteilt worden – durch die Berufungsinstanz wurden allgemein als verdienter Sieg von Fortschritt und Gerechtigkeit gefeiert. Man übersah dabei, daß die Aufhebung des Urteils nur wegen eines Formfehlers erfolgt war; das umstrittene Gesetz galt bis 1967 fort.

Heute bedienen sich die Fundamentalisten einer flexibleren Taktik. Sie gehen nicht mehr frontal gegen den Darwinismus an, sondern begnügen sich mit der Forderung, neben ihm müsse im Biologie-Unterricht auch *creation science* gelehrt werden – eine bis vor kurzem unbekannte »Wissenschaft«, die der biblischen Schöpfungsgeschichte zum Verwechseln ähnlich sieht. Tatsächlich erließen Louisiana und Arkansas entsprechende Gesetze; doch wurden sie vom Obersten Gericht in Washington als verfassungswidrig annulliert.

Die auffälligste Folge der Trennung von Kirche und Staat ist die große Vielfalt religiöser Gemeinschaften. Nicht weniger als 224 werden in der Statistik des *National Council of Churches* aufgeführt. Die exotischeren Sekten und Kulte sind dabei noch nicht einmal berücksichtigt; ihre Zahl wird auf 1500 bis 3000 geschätzt. (Wobei sich von selbst versteht, daß die Unterscheidung von Kirche und Sekte ebenso willkürlich ist wie die Unterscheidung von Glaube und Aberglaube.) Als Gesamtzahl der Gläubigen nennt die Kirchenstatistik 143 Millionen. Davon stellen die Protestanten 60 Prozent – 79 Millionen. Früher war der Protestantismus so etwas wie die inoffizielle Staatsreligion der USA. Damit ist es spätestens seit der Wahl des Katholiken John F. Kennedy zum Präsidenten vorbei. Auch der WASP (*White Anglo-Saxon Protestant*) neuenglischer Prägung gilt nicht mehr unangefochten als höheres Wesen: In der protestantischen Kirche geben die Southern Baptists – mit 14,4 Millionen die bei weitem stärkste Denomination – den Ton an. Diese Verschiebung des Schwerpunkts ist nicht nur ein geographisches Faktum; sie bedeutet auch eine Schwächung des liberalen Flügels. 1920 gehörten zwei Drittel der amerikanischen Protestanten diesem Flügel an; heute sind es noch knapp die Hälfte. Ob Anglikaner (*Episcopalians*), Kongregationalisten (*United Church of Christ*), nördliche Methodisten, Lutheraner oder Presbyterianer – sie alle verlieren seit Jahren Mitglieder. Die Gewinner sind die konservativen Strömungen des *Bible Belt*, vor allem die Fundamentalisten und die Pfingstbewegung.

Der Ausdruck *Bible Belt* stammt aus den zwanziger Jahren. Der streitbare Journalist H. L. Mencken erfand ihn, um damit die bigotte Rückständigkeit der Südstaaten zu ironisieren. Die Bewohner dieser Region nannte er *yokels*. Die *yokels* waren langsam im Denken, dafür aber um so unbeugsamer in ihrem moralischen Rigorismus. Sie waren Mitglieder des *Ku Klux Klan* oder der *Anti-Saloon League*; geistige und kulturelle Zerstreuungen, die über den Kirchengesang hinausgingen, lehnten sie ab. Geographisch war der Begriff *Bible Belt* nie genau festgelegt; doch kann man ihm alles zurechnen, was zwischen Virginia und Texas liegt. Hier also haben die Fundamentalisten und die Pfingstbewegung ihr Hauptquartier.

Die Fundamentalisten glauben, daß die Bibel in allen Punkten ganz wörtlich zu nehmen sei. Adams verhängnisvoller Biß in den Apfel, Noahs wunderbare Errettung aus den Gewässern der Sintflut, der Marsch durch das Rote Meer und die preisgünstige Deckung des Alkoholbedarfs auf der Hochzeit zu Kana – alle diese Ereignisse sind nicht bloße Allegorien oder Legenden; sie haben sich genau so zugetragen, wie die Bibel sie schildert. Der Fundamentalismus hat seine Wurzeln im *Revivalism* des 19. Jahrhunderts. Dieser wiederum war eine Reaktion auf den Rationalismus, der die protestantischen Kirchen überall in der Welt erfaßt hatte. Die Bibelkritik der David Friedrich Strauß, Ernest Renan und Charles Darwin verfehlte ihren Eindruck auch auf die amerikanischen Gläubigen nicht. Eine wörtliche Auslegung der Heiligen Schrift schien danach wissenschaftlich nicht länger haltbar. Gegen diesen »Modernismus« wandte sich nicht nur der Vatikan mit seinem berüchtigten Syllabus von 1864. Auch der populäre Erweckungsprediger Dwight L. Moody wetterte gegen »die vier großen Versuchungen, die uns heute bedrohen: das Theater, die Entheiligung des Sabbaths, Sonntagszeitungen und atheistische Lehren einschließlich der Evolutionstheorie«. Auf einer Serie von Konferenzen schälten sich schließlich die »Fünf Punkte« des fundamentalistischen Glaubensbekenntnisses heraus: das Wortverständnis (*inerrancy*) der Bibel, die jungfräuliche Geburt Jesu, das stellvertretende Leiden, die leibliche Auferstehung und die Wiederkehr Jesu nach der geschichtlichen Zeit.

Zum Wallfahrtsziel der Frommen ist in den letzten Jahren der texanische Ort Glen Rose südlich von Forth Worth avanciert. In den Kreideablagerungen des Paluxy Creek waren

1938 gewaltige Trittsiegel von Dinosauriern gefunden worden. Angeregt durch den einsetzenden Besucherstrom in das »Dinosaur Valley«, meißelten die Einwohner von Glen Rose nach dem Vorbild der Saurierfährten Fußspuren angeblicher Riesenmenschen in Stein, die sie als Souvenir an die Touristen verkauften. Diese falschen Fossilien, denen sich inzwischen Schädel und Handwerksgeräte ebenso zweifelhafter Provenienz zugesellt haben, gelten unter den Fundamentalisten nicht nur als echt, sondern auch als Beweis dafür, daß die Erde nicht älter ist als zehntausend Jahre und daß Urmenschen und Saurier einträchtig nebeneinander lebten. Im *Creation Evidences Museum* in Glen Rose können die Belegstücke besichtigt werden. Zur Zeit ist man dort mit dem Nachbau der Arche Noah beschäftigt.

Auch die Pfingstbewegung hat mit dem *Revivalism* des vorigen Jahrhunderts zu tun. Ihre Wurzeln reichen jedoch noch weiter zurück. Schon die protestantischen Kirchen des 18. Jahrhunderts waren von zwei pietistischen Wellen erfaßt worden, die an die Stelle des dürren Kirchengehorsams die christliche Liebesgemeinschaft setzen wollten: Historiker sprechen vom *First* und *Second Great Awakening*. Für die *Pentecostals* oder *Charismatics*, wie sie heute allgemein genannt werden, ist Pfingsten, die Ausgießung des Heiligen Geistes auf die Jünger, das wichtigste Fest des christlichen Kalenders. Dieses Ereignis nachzuvollziehen, ist der Sinn ihrer Gottesdienste. Dogmatischen Fragen messen sie weniger Gewicht bei als dem religiösen Enthusiasmus: Wunderheilungen, ekstatische Prophezeiungen und Glossolalie – das Reden in fremden Zungen – sind bei ihnen an der Tagesordnung.

Sehr erheblich beigetragen zum Aufschwung dieser früher als hinterwäldlerisch belächelten Bewegungen hat eine neue Spezies von Geistlichen, die seit einigen Jahren die Phantasie der Amerikaner beschäftigt – die Fernseh-Prediger. Es war der bereits genannte Pat Robertson, der 1961 in Virginia Beach die erste christliche Fernsehstation einrich-

tete und damit das Zeitalter des *Pray-TV* einläutete. Inzwischen erreicht sein *Christian Broadcasting Network* (CBN) 180 Städte in allen Landesteilen.
Es war vorauszusehen, daß ein solcher Erfolg die Konkurrenz nicht ruhen lassen würde. Bald rief in Louisiana Jimmy Swaggart in einer wöchentlichen Fernsehstunde zum Kreuzzug gegen Kommunisten, Homosexuelle und »säkulare Humanisten« auf – letzteres ist das gebräuchliche Schmähwort der Strenggläubigen für liberale Christen. Jerry Falwell, der Gründer der konservativen Sammlungsbewegung »Moral Majority«, unterhält in Lynchburg (Virginia) nicht nur eine Fernsehstation, sondern auch seine eigene Universität. Die Universität in Tulsa (Oklahoma) verdankt ihr Entstehen dem *televangelist* Oral Roberts. Im März 1987 kündigte Roberts seinen Zuschauern einen Hungerstreik an: Gott habe ihm befohlen, erst dann wieder zu essen, wenn er für das Universitätskrankenhaus acht Millionen Dollar zusammengebracht habe. Die Drohung wirkte: Vier Wochen später konnte Roberts' Sohn Richard – er ist im väterlichen Unternehmen als Junior-Partner tätig – den erleichterten Gläubigen die frohe Kunde bringen, das Geld sei da; der Vater nehme mit gutem Appetit seine regelmäßigen Mahlzeiten wieder ein.
Insgesamt – so schätzt eine Studie der *University of Pennsylvania* aus dem Jahr 1984 – sehen 13,3 Millionen Amerikaner regelmäßig die Programme der christlichen Fernsehanstalten. Wenn diese Zahl stimmt, dann stehen die Erweckungsprediger beim Kabelfernsehen – noch vor dem Sport – an erster Stelle.
Vor ein paar Jahren geriet Pat Robertson wegen seines fürstlichen Lebensstils in die Schlagzeilen: Sein schloßartiges Landhaus in Virginia Beach einschließlich Park, Swimmingpool und Stallungen hatte bei einigen Verfechtern des christlichen Armutsideals Anstoß erregt. Die Sache war bald wieder vergessen. Folgenreicher war ein Skandal, in dessen Mittelpunkt der Präsident des Konzerns »Praise the

Lord« (PTL), Jim Bakker, stand. Bakker und seine Frau betrieben eine überaus populäre Fernsehschau »Jim and Tammy«, die täglich über 180 Lokalsender ausgestrahlt wurde. Während Jim das Evangelium verkündete, sang Tammy mit gutturalem Alt erbauliche Lieder. Dazwischen erzählten beide aus ihrem Leben. Einen unvergessenen Höhepunkt bildete der Tod des Hundes Chi Chi: Unter Tränen vertraute Tammy den Zuschauern an, daß Gott ihre Gebete für die Wiedererweckung Chi Chis nicht erhört habe. Die zweite Trumpfkarte von PTL war der Vergnügungspark »Heritage USA« in North Carolina, eine Mischung aus Oberammergau und Disneyland: Jeden Abend konnten hier die Besucher – im Jahresdurchschnitt sechs Millionen – die Kreuzigung und Auferstehung des Menschensohns als Show erleben. Kindern wurde in *Noah's Toy Shop* eine Puppe zum Kauf angeboten, die nicht »Mama« sagte, sondern »Jesus loves me«.

Im April 1987 kam nun heraus, daß Bakker mit einer Sekretärin der Pfingstkirche *Assemblies of God* ein außereheliches Verhältnis gehabt hatte. Um zu verhindern, daß die Affäre an die große Glocke gehängt werde, zahlte er der jungen Frau ein Schweigegeld von 260000 Dollar. Es half ihm nichts: Er mußte aus dem Unternehmen ausscheiden. Im Verlauf der weiteren Nachforschungen ergab sich, daß die Spenden der Gläubigen zu einem erheblichen Teil in Bakkers Privatschatulle geflossen waren. PTL meldete Konkurs an.

Ein Jahr später geriet Jimmy Swaggart ins Straucheln. Im Februar 1988 gestand er seiner Gemeinde unter Tränen ein, daß auch er den Versuchungen des Fleisches erlegen war: Im *red-light district* von New Orleans hatte er Prostituierte für erotische Privatvorstellungen bezahlt. Swaggart wurde von seiner Kirche suspendiert. Auch die Einnahmen der übrigen Fernseh-Evangelisten gingen schlagartig zurück. Ob auf Dauer, bleibt abzuwarten. In seinem Roman »Elmer Gantry« (1927) hat Sinclair Lewis einen Baptistenprediger beschrieben, der es sich in den Weingärten des Herrn wohl sein läßt und der mit gefallenen Frauen, bevor er sie der himmlischen Liebe zuführt, die irdische genießt. Die Erfahrung spricht dafür, daß die Elmer Gantrys in Amerika auch in Zukunft gute Chancen haben.

Auch unter den 53 Millionen amerikanischen Katholiken gibt es Flügelkämpfe zwischen Konservativen und Liberalen – wie sich denn überhaupt die theologischen Auseinandersetzungen kaum noch zwischen den Kirchen, sondern in ihnen abspielen. Im Unterschied zu den Protestanten sind unter den Katholiken freilich nicht die Konservativen, sondern die Liberalen auf dem Vormarsch. Daß sich die hierarchischen Strukturen der katholischen Kirche in einer erzdemokratischen, zum Sektierertum neigenden Gesellschaft wie der amerikanischen überhaupt so lange haben halten können, ist kein geringes Wunder. In einem Land, wo man es ganz in der Ordnung findet, daß die protestantischen Pfarrer von Aufsichtsräten (*boards*) ein- und abgesetzt werden, ist es alles andere als selbstverständlich, auf einen Wink aus Rom zu kuschen. Oberhirte Johannes Paul II. mußte sich auf seiner letzten Amerika-Reise im September 1987 von seiten aufsässiger Schafe harschen Tadel gefallen lassen: Demonstrationen von Homosexuellen, Feministen und anderen Unzufriedenen säumten seinen Weg.

Bei einer Erhebung unter amerikanischen Katholiken, deren Resultat »Time« unmittelbar vor dem Papst-Besuch veröffentlichte, zeigten sich 93 Prozent der Befragten davon überzeugt, man könne mit dem Vatikan verschiedener Meinung und dennoch ein guter Christ sein. Nur 37 Prozent waren bereit, die Unfehlbarkeit des Papstes anzuerkennen. 27 Prozent bejahten das Recht der Frau auf Abtreibung; weitere 57 Prozent wollten Abtreibungen bei Vorliegen gewisser Umstände – Vergewaltigung oder Gesundheitsgefährdung für die Mutter – zulassen. Nur 14 Prozent folgten der strengen Linie Roms und verwarfen die Abtreibung schlechthin. Für weibliche Priester traten 52 Prozent ein, für die Zulassung der Priesterehe 53 Prozent, für die kirchliche Trauung von Geschiedenen 76 Prozent. Nur 29 Prozent lehnten vorehelichen Geschlechtsverkehr uneingeschränkt ab.

Nach außen hin versucht die amerikanische Amtskirche, Geschlossenheit zu demonstrieren. Daß Zweifel am rigiden Kurs des Vatikans selbst die Geistlichkeit erfaßt haben, zeigt indes nicht nur der Nachwuchsmangel; auch die Fälle, in denen katholischen Professoren die Lehrbefugnis entzogen wird, mehren sich. Im Dezember 1987 kam es zwischen dem konservativen Kardinal von New York und seinem liberalen Amtsbruder in Chicago zu einer öffentlich ausgetragenen Kontroverse über die Sexualerziehung an Schulen. Während Kardinal O'Connor die Empfehlung von Kondomen ablehnte, sprach sich Kardinal Bernardin *für* eine solche Empfehlung aus. Da die amerikanische Kirche unter den katholischen Gemeinden der Welt – nach Brasilien, Mexiko und Italien – nicht nur die viertgrößte ist, sondern auch mit Abstand die wohlhabendste, gibt man sich im Vatikan Mühe, die Gegensätze herunterzuspielen. Daß man in einem Land, dessen Geist vom Protestantismus geprägt wurde, Streitfragen nicht auf dem Befehlswege aus der Welt schaffen kann, scheint man in Rom allmählich zu begreifen. Wie sehr sich die amerikanischen Katholiken diesem Geist akkulturiert haben, kann man daran ablesen, daß im Durchschnitt ihre Ausbildung besser, ihr Einkommen größer und ihre Familie kleiner ist als die protestantische.

Auch auf die amerikanischen Juden hat der Protestantismus nachhaltig abgefärbt. Der Gottesdienst im Tempel Emanu-El an der New Yorker Fifth Avenue, der größten und reichsten Reformgemeinde des Landes, hat mehr Ähnlichkeit mit einem anglikanischen als mit dem der chassidischen Synagogen in Williamsburg, wo die Männer ihren Hut aufbehalten und die Frauen auf die Galerie verbannt werden. Von den insgesamt 5,7 Millionen Juden gehören etwa 1,4 Millionen einer Reformgemeinde an; weitere 2 Millionen bleiben dem religiösen Leben gänzlich fern. Mit anderen Worten: Die gute Hälfte betrachtet ihr Judentum als eine ererbte Eigenschaft wie blondes Haar und blaue Augen, ist aber nicht bereit, sich ihr Leben durch die rituellen Vorschriften des Alten Testaments erschweren zu lassen.

Von seiten der konservativen und orthodoxen Juden müssen sie deshalb massive Kritik einstecken. Der theologische Disput zwischen den einzelnen Fraktionen – etwa über die Zulassung weiblicher Rabbiner oder die alte Streitfrage, wer als Jude anzusehen ist – hat mittlerweile eine Lautstärke und Gehässigkeit angenommen, wie man sie eher von Antisemiten erwarten würde. Nimmt man die große Zahl der Mischehen hinzu – etwa ein Drittel der Juden heiratet christliche Partner, wobei die Kinder in der Regel christlich oder religionslos erzogen werden –, so kann man verstehen, daß der Kassandraruf vom bevorstehenden Ende der Juden in Amerika immer schriller ertönt. Diese Prophezeiung übersieht freilich, daß die Zahl der Mischehen unter den konservativen und orthodoxen Juden weiterhin gering ist. Darüber hinaus ist der Klansgeist auch unter den nichtpraktizierenden Juden stark ausgeprägt; mit Israel fühlen sie sich nicht weniger verbunden als ihre frömmeren Glaubensgenossen.

Einen stark entwickelten Klansgeist finden wir auch bei den Mormonen. Unter den vielen merkwürdigen Sekten Amerikas ist die *Church of Jesus Christ of Latter-Day Saints* – so der offizielle Name – vielleicht die allermerkwürdigste. Mit 4 Millionen Gläubigen ist sie ein Machtfaktor, mit dem auch Washington rechnen muß. Ihre Geburtsstunde schlug im September 1823, als Joseph Smith, der achtzehnjährige Sohn eines Goldgräbers und einer Wahrsagerin, behauptete, von einem Engel namens Moroni zu einem Hügel bei Palmyra (New York) geführt worden zu sein und dort, eingeritzt in goldene Tafeln, das »Buch Mormon« gefunden zu haben. Der Engel habe ihm bei der Übersetzung des in »reformiertem Ägyptisch« verfaßten Buches geholfen und da-

nach die Goldtafeln wieder an sich genommen. 1830 wurde die amerikanische Fassung zum erstenmal gedruckt. Kern des Buches, das die Mormonen neben dem Alten und dem Neuen Testament als dritten Teil der Bibel ansehen, ist die Erzählung von der Flucht einer jüdischen Gruppe vor der »Babylonischen Gefangenschaft« nach Amerika. Die Flüchtlinge spalteten sich in zwei einander befehdende Parteien, Nephiten und Lamaniten. In einer Entscheidungsschlacht, die im Jahre 428 v. Chr. bei Palmyra stattfand, wurden die Nephiten vernichtet. Die siegreichen Lamaniten strafte Gott mit dunkler Haut; sie wurden die Vorfahren der Indianer. Das »Buch Mormon« ist das Testament von Mormon, dem letzten Führer der untergegangenen Nephiten.
Vor dem Hintergrund dieser phantastischen Erzählung, die auf den unvoreingenommenen Leser wirkt wie eine unfreiwillig komische Parodie der Bibel, kann man den Erfolg der Mormonen nur als erstaunlich bezeichnen: Die Zahl der Gläubigen – weltweit sind es 5,8 Millionen – hat sich in den letzten zwanzig Jahren mehr als verdoppelt. Hauptstadt der Bewegung ist Salt Lake City im Staate Utah. Der Eintritt in den vieltürmigen Tempel – auf dem höchsten Turm bläst der goldene Engel Moroni die Trompete – ist Ungläubigen verwehrt. Doch können sie jeden Sonntag im Tabernakel den berühmten, 375 Sänger starken *Mormon Tabernacle Choir* hören. Für wie gefährlich einige Staaten das Wirken mormonischer Missionare halten, zeigten die Protestdemonstrationen orthodoxer Juden in Jerusalem, wo die Sekte dabei ist, ein »Besucherzentrum« zu bauen. In Lateinamerika begegnen die Missionare dagegen häufig dem Verdacht, Agenten der CIA zu sein – ein Verdacht, der keineswegs in allen Fällen unbegründet ist. Erleichtert wurde die Mission durch eine Entscheidung des »Präsidenten, Propheten, Sehers und Enthüllers« – dies ist der amtliche Titel des von zwölf »Aposteln« gewählten Oberhaupts der Sekte – Spencer W. Kimball im Jahre 1978, auch Nicht-Weiße zum Priesteramt zuzulassen. (Es gibt keinen gesonderten Priester-

stand; vom zwölften Lebensjahr an kann jeder Mormone Priester werden.) Nach der Abschaffung der Vielweiberei im Jahre 1890 – sie war die Vorbedingung für die Aufnahme Utahs in die Union – war dies der bedeutsamste Einschnitt in der hundertfünfzigjährigen Geschichte der Mormonen.

Mindestens ebenso erstaunlich wie ihre missionarischen sind ihre wirtschaftlichen Erfolge. Da die Gläubigen gehalten sind, zehn Prozent ihres Einkommens an die Kirche abzuführen, ist die Kirche reich. Sie besitzt Banken, Warenhäuser, Versicherungsgesellschaften, Fernsehstationen, Bürogebäude und Grundstücke im Werte von vielen Milliarden Dollar. Auch die in allen Erdteilen anzutreffenden »Marriott«-Hotels gehören einer mormonischen Familie.

Zum wichtigsten Zentrum der Kulte und Sekten hat sich in den letzten Jahren Kalifornien entwickelt. Neben ehrwürdigen Traditionsvereinen wie Rosenkreuzern und Satanisten, Zen-Buddhisten und Zeugen Jehovas erfreut sich neuerdings der Spiritismus wieder lebhaften Zuspruchs. Seinen Aufschwung verdankt er nicht zuletzt einer prominenten Adeptin, die ihre übersinnlichen Erfahrungen in mehreren Büchern festhielt – Shirley MacLaine. Mit Hilfe ihres *channel* – so sagt man heute für Medium – kam die Schauspielerin in Kontakt mit John, einem englischsprechenden Zeitgenossen von Jesus, und Tom, einem Taschendieb aus dem elisabethanischen London. In Peru beobachtete sie fliegende Untertassen und lernte Mayan kennen, ein zartgliedriges Geschöpf mit großen Augen, das sich als Geologin ausgab, das aber in Wahrheit von einem andern Planeten stammte.

Der bekannteste *channel* ist zur Zeit J. Z. Knight, eine Mittvierzigerin aus Yelm (Washington), die sich auf öffentlichen Veranstaltungen – Eintrittspreis: 400 Dollar – in Trance versetzt und mit tiefer, männlicher Stimme Botschaften aus dem Jenseits übermittelt. Der sie verkündet, ist Ramtha, ein vor 35 000 Jahren verstorbener Krieger aus dem untergegangenen Reich Atlantis. Der Inhalt der Botschaften hat starke Ähnlichkeit mit den Ratschlägen, wie man sie in der Abteilung »Personal Growth« der amerikanischen Buchhandlungen findet. Auf einen knappen Nenner gebracht, laufen sie auf die Sprichwort-Weisheit hinaus: Jeder ist seines Glückes Schmied. In einem Fernsehfilm sind Frau MacLaine und ihr Seelenführer David am Strand von Malibu zu sehen. Beide halten ihre Arme ausgestreckt wie Jesus am Kreuz und rufen mehrmals im Duo: »I am God!« Im Jahre 1984 erhielt die Gottsucherin vom Hunter College in New York für ihre »Bemühungen um Philosophie und Metaphysik« einen Ehrendoktor.

Daß nicht alle Sekten so harmlos sind wie die Strandübungen von Shirley MacLaine, hat vor zehn Jahren der Massenselbstmord der Gläubigen des »People's Temple« in Guyana gezeigt. Auch der Guru Bhagwan begnügte sich keineswegs damit, seinen Machthunger ausschließlich im Sammeln von Straßenkreuzern auszuleben. Nach der Auflösung der Siedlung »Rajneeshpuram« in Oregon erfuhr die Öffentlichkeit, daß abtrünnige Jünger nicht nur terrorisiert worden waren; man versuchte sogar, sie ums Leben zu bringen. Drei von Bhagwans engsten Vertrauten sitzen wegen Giftanschlägen im Gefängnis. In der Presse finden sich regelmäßig Berichte über Ritualmorde und Exorzismen mit tödlichem Ausgang. Anfang 1988 kam es in einem Dorf in Utah zwischen der Polizei und einem der 40000 mormonischen Altgläubigen, die bis heute an der Polygamie festhalten, zu einem Feuergefecht, bei dem mehrere Kombattanten auf der Strecke blieben.

In ihrem Roman »Der Report der Magd« malt die kanadische Schriftstellerin Margaret Atwood das Schreckgespenst einer Machtergreifung religiöser Fundamentalisten in Washington an die Wand. Der Präsident wird erschossen, der Kongreß liquidiert; die Vereinigten Staaten werden in eine Theokratie mit dem Namen »Republik Gilead« umgewandelt. Auch wenn es ganz so schlimm wohl nicht kommen wird – daß die Sehnsucht nach dem Gottesstaat der Puritaner nie ganz verschwunden ist, läßt sich mit vielen Beispielen belegen. Das schlagendste ist die vom Kongreß 1919 verhängte Prohibition – ein Gesetz, daß so ziemlich das genaue Gegenteil von dem erreichte, was sich die Enthaltsamkeitsapostel vorgestellt hatten: Private Schnapsbrennereien schossen überall aus dem Boden. Verschwiegene Mondscheinkneipen (*speakeasies*) sorgten dafür, daß die Amerikaner ihren Durst nicht mit Milch zu löschen brauchten. Am meisten profitierte die Mafia von dem landesweiten Bedarf an illegalen Flüssigkeiten; um die Marktanteile an der *rum row*, den schwarzen Whiskey- und Bier-Importen aus Kanada, entbrannten blutige Bandenkriege. 1933 wurde das Gesetz als offensichtlich gescheitert widerrufen. Nicht alle Bundesstaaten folgten dem Beispiel Washingtons. In Oklahoma wurde die Prohibition erst 1959 aufgehoben. In Mississippi blieb der Ausschank von *hard liquor* bis 1966 untersagt. »Trockene« Landkreise (*dry counties*) sind – vor allem im Süden – noch heute zu finden.

Der Tumult um den Seitensprung des Präsidentschaftskandidaten Gary Hart hat bewiesen, daß die Moral der Puritaner auch nach Aufhebung der Prohibition kräftig fortlebt. Zwar hat Alfred Kinsey schon vor vierzig Jahren herausgefunden, daß die Hälfte der amerikanischen Ehemänner ihre Frau mindestens einmal betrügt. Von ihren Politikern erwarten die Amerikaner jedoch, daß sie zur anderen Hälfte gehören oder daß sie zumindest – wie Franklin D. Roosevelt und John F. Kennedy – ihre Affären geschickt vertuschen. Nicht von ungefähr zeigt sich Ronald Reagan nie ohne seine Nancy. Händchen haltend, einander verliebte Blicke zuwerfend, vermitteln sie das Bild ungetrübten Ehefriedens, auf das die Öffentlichkeit Anspruch erhebt. Kein Gouverneur, kein Senator, kein Bürgermeister würde es wagen, allein vor seine Wähler zu treten; die Frau ist immer dabei.

Wie anders liegen dagegen die Dinge in Frankreich! Nichts bewundern die Franzosen mehr als Politiker, die dem Vorbild Ludwigs XV. nacheifern: Mit gutem Grund trug dieser

Monarch den Beinamen »der Vielgeliebte«. Madame Mitterand tritt in der Öffentlichkeit nur selten in Erscheinung. Hingegen verweisen Kenner augenzwinkernd auf die eine oder andere hübsche Abgeordnete, die dem Staatspräsidenten im Laufe seiner langen Karriere nähergetreten ist. Ihn deshalb zu tadeln, würde nicht einmal dem Erzbischof von Paris in den Sinn kommen – um so weniger, als der Tod einen seiner Vorgänger im Bordell ereilte. In Amerika wäre so etwas unmöglich. Hier ist der alte Kinderglaube noch so lebendig, daß sich selbst Cecil B. De Mille scheute, im Vorspann der »Zehn Gebote« den Namen des Schauspielers zu nennen, der den lieben Gott spricht: Er wolle, sagte er zur Begründung, dem Publikum »die Illusion nicht rauben«.

Die Kerle wollen glücklich sein!

Wie vertragen sich diese frommen Grundsätze mit der *permissive society*, die Amerika ja doch auch verkörpert? Hat nicht die »sexuelle Revolution« – die Befreiung der Frau, die Massenscheidungen und -abtreibungen, das hemmungslose Ausleben von Homosexualität und anderen vorher tabuisierten Neigungen – jenseits des Atlantiks angefangen? Tatsächlich liegt in dem Schwanken zwischen Lustverzicht und sexueller Libertinage eines der eigentümlichsten Paradoxe der amerikanischen Gesellschaft.

In Deutschland hört man auf Propheten bekanntlich dann besonders gern, wenn sie Katastrophen vorhersagen. »Der Untergang des Abendlandes«, »Atomtod«, »Waldsterben« – nichts wärmt unsere Seele mehr als solche apokalyptischen Schlagworte. Schon Hegel war davon überzeugt, daß in der Weltgeschichte »die Perioden des Glücks leere Blätter« seien. Für die frühen Zionisten hatte der Marburger Philosoph Hermann Cohen nur Verachtung übrig: »Die Kerle wollen glücklich sein!« Nein, das Glück hatte in Gottes Heilsplan, so wie ihn die deutschen Professoren verstanden, keinen Platz.

Das haben die Amerikaner stets anders gesehen. Den Optimismus des fortschrittsgläubigen 18. Jahrhunderts haben sie auch in ihren düstersten Stunden – etwa während des Bürgerkrieges oder in der Depression der dreißiger Jahre – nie verloren. Die Unabhängigkeitserklärung postuliert neben Gleichheit und Freiheit *the pursuit of happiness*, das Streben nach Glück, als eines der unveräußerlichen Grundrechte des Menschen. Da die Unabhängigkeitserklärung neben der Verfassung unter den staatstragenden Dokumenten den höchsten Rang einnimmt, übertreibt man nur leicht, wenn man feststellt: Wer in Amerika unglücklich ist, verstößt geradezu gegen die verfassungsmäßige Grundordnung.

Im gleichen Jahr wie die Unabhängigkeitserklärung erschien Jeremy Benthams Schrift »Fragment on Government«, in der er »das größte Glück für die größte Zahl« zur alleinigen Richtschnur staatlichen Handelns erhob. Diese Maxime ist in der Regierungspraxis zwar häufig durchbrochen, aber nie grundsätzlich in Zweifel gezogen worden. In ihr manifestiert sich der amerikanische Urglaube, daß das Schicksal kein blindes Fatum ist, sondern daß Erfolg und Mißerfolg von uns selbst abhängen. Napoleons vielzitierter Ausspruch »Unmöglich ist kein französisches Wort« paßt viel besser auf die Amerikaner. Der Aufstieg *from rags to riches*, vom Tellerwäscher zum Millionär, ist bis heute fester Bestandteil des *American dream*.

Falsch wäre indes die Annahme, die Jagd nach dem Glück gelte ausschließlich materiellen Dingen. Ein Blick auf die Bücher, die in den Buchhandlungen unter der Sammelbezeichnung »Personal Growth« angeboten werden, belehrt uns darüber, daß es um »Selbstverwirklichung« schlechthin geht. Unübertroffener Spitzenreiter ist immer noch Dale Carnegies »How to Win Friends and Influence People«; seit seinem Erscheinen im Jahre 1937 wurden allein in den USA 7 Millionen Exemplare abgesetzt. Titel wie »From Sad to Glad«, »The Power of Positive Thinking«, »Guide to Confident Living« oder »Your Future ist Your Friend« zeigen, daß der Grundsatz *do it yourself* nicht auf Reparaturen in Haus und Garten beschränkt bleibt; er gilt für alle Bereiche des Lebens. Mit der richtigen Gebrauchsanweisung – davon sind die Ratgeber fest überzeugt – läßt sich jedes Problem meistern. Vor keinem noch so verwickelten Sachverhalt schrecken sie zurück: Die zweckmäßige Durchführung des

Triolenverkehrs wird ebenso erklärt wie der fachgerechte Kuß. In ihrem »Complete Guide to a Great Social Life« empfiehlt Letitia Baldridge, ehemals Protokollsekretärin von Jacqueline Kennedy, beim Küssen ein Auge so lange offen zu halten, bis der Mund des Partners gefunden ist; andernfalls bestehe die Gefahr, daß man mit seinen Lippen höchst unromantisch auf der Nase lande.

Mit dem Aufstieg Amerikas zur Weltmacht fielen die letzten Hemmungen. Selbst die verbotensten Äpfel schienen in greifbare Nähe gerückt. Den Anfang der »sexuellen Revolution« markierte 1948 der Kinsey-Report über das sexuelle Verhalten des Mannes. Er enthüllte, daß es in amerikanischen Schlafzimmern erheblich bunter zuging, als es sich die Pilgerväter hätten träumen lassen. Noch schockierender war der Kinsey-Report über das sexuelle Verhalten der Frau, der fünf Jahre später folgte. Die Hälfte der befragten Ehefrauen räumte ein, ihre Jungfräulichkeit vor der Hochzeit verloren zu haben. Ein Viertel hatte die Ehe gebrochen; 13 Prozent hatten mindestens ein lesbisches Erlebnis gehabt. Im gleichen Jahr 1953 erschien die erste Nummer des erotischen Magazins »Playboy«. Herausgeber Hugh Hefner erklärte Ehe und Familie offen den Krieg. Sein Evangelium war die körperliche Lust – nicht zu einem höheren Zweck, sondern um ihrer selbst willen. Daß Hefner mit seiner hedonistischen Philosophie den Nerv der Zeit getroffen hatte, zeigte die stürmische Entwicklung der Auflage: Nachdem sich »Playboy« mit bescheidenen 60000 Exemplaren auf dem Markt eingeführt hatte, wurden Anfang der siebziger Jahre nicht weniger als 7,2 Millionen Exemplare abgesetzt.

Besonders in den großen Städten entwickelte sich eine Subkultur der *singles*, denen es nicht auf dauernde Bindungen oder tiefere Gefühle ankam. Was zählte, war allein »The Joy of Sex« (so der Titel eines der einschlägigen Bestseller). In einem anderen Bestseller – »The Feminine Mystique« – verglich die Feministin Betty Friedan die Ehe mit einem Konzentrationslager. Ihre Kampfgenossin Germaine Greer ermunterte die Frauen, sich von der ihnen zugewiesenen Rolle des an Kinder, Küche, Kirche geketteten »Eunuchen« zu befreien und bewußt das sexuelle Abenteuer zu suchen. Daß die Frauen auf der Jagd nach dem Glück überhaupt mithalten konnten, verdankten sie einer Erfindung, die sie vor den Folgen ihrer Abenteuerlust bewahrte – der Anti-Baby-Pille. Aber auch für diejenigen, die auf den herkömmlichen Ehestand nicht verzichten wollten, war gesorgt: Spezielle Clubs erlaubten es den *swinging couples*, gleichgesinnte Paare für den Partnertausch zu finden.

Irrtümer bei der Partnerwahl wurden ohne viel Federlesens behoben. Die Zahl der Scheidungen stieg zwischen 1960 und 1975 von 393 000 auf eine Million. Wer vergessen hatte, die Pille zu nehmen, wußte sich ebenfalls zu helfen: Ende der fünfziger Jahre wurde die Zahl der Abtreibungen auf eine halbe Million, das heißt 10 bis 12 Prozent der Geburtenrate, geschätzt. 1980 war sie auf ein Drittel der Geburtenrate, nämlich 1,3 Millionen, hochgeschnellt. Ausschlaggebende Bedeutung kam dabei dem Urteil »Roe versus Wade« vom 22. Januar 1973 zu. Mit einer Mehrheit von sieben gegen zwei Stimmen erklärte der *Supreme Court* in Washington Abtreibungen während der ersten sechs Monate der Schwangerschaft für zulässig. Die in 46 Einzelstaaten geltenden *anti-abortion laws* wurden damit Makulatur.

Hand in Hand mit der Lockerung der heterosexuellen Sitten ging eine wachsende Toleranz für gleichgeschlechtliche Vorlieben. 1948 hatte Gore Vidal in seinem Roman »The City and the Pillar« die Geschichte eines homosexuellen Tennislehrers erzählt und damit einen Sturm der Entrüstung entfacht. Im Untersuchungsausschuß des Senators McCarthy wurden neben den Kommunisten vor allem die Homosexuellen zu Staatsfeinden erklärt. Am 27. Juni 1969 kam es in Greenwich Village, jenem New Yorker Stadtteil, wo die Lebensgewohnheiten immer schon etwas freizügiger waren als anderswo, zum sogenannten »Stonewall-Aufstand«: Als die Polizei in den *gay bars* der Christopher Street wieder einmal eine Razzia veranstaltete, setzten sich die Gäste der »Stonewall Inn« zur Wehr und lieferten den Sittenwächtern mit Tischen, Stühlen, Gläsern und Flaschen eine Abwehrschlacht, die sich über mehrere Stunden hinzog. Auch von der Presse sah sich die Polizei attackiert. Sympathiekundgebungen aus dem ganzen Land zeigten den Politikern, daß es nicht ratsam war, die homosexuelle Wählerschaft – die Schätzungen schwanken zwischen fünf und zehn Prozent – vor den Kopf zu stoßen. Bis heute feiert an jedem 27. Juni die »Gay Pride Parade« den großen Tag von 1969. Bürgermeister Koch läßt es sich nicht nehmen, selbst an der Spitze des Umzugs zu marschieren.

1973 widerrief die *American Psychiatric Association* die bis dahin vorherrschende Lehrmeinung, Homosexualität sei eine behandlungsbedürftige Geisteskrankheit. Vor allem in New York und San Francisco, aber auch in vielen anderen Städten entwickelte sich eine homosexuelle Szene mit ungezählten Bars, Saunen und anderen Treffpunkten, die – jedenfalls solange man jung war und nicht allzu unansehnlich – einen nahezu unbegrenzten Partnertausch ermöglichten. Als 1977 die Gospel-Sängerin Anita Bryant in Florida eine Kampagne (»Save our Children«) gegen homosexuelle Lehrer vom Zaun brach, die angeblich nichts anderes im Kopf hätten, als ihre Zöglinge zu verführen, machte sie sich zum Gespött des ganzen Landes.

1969 war auch das Jahr, in dem der *Supreme Court* Gesetze, die den Besitz pornographischer Schriften verboten, für verfassungswidrig erklärte. Was pornographisch war, blieb allerdings unklar. Berühmt wurde der Ausspruch des Richters Potter Stewart: »I know it when I see it.« Weit kam man mit derartigen Weisheiten freilich nicht. Die Rechtsprechung blieb schwankend. 1970 kam eine von Präsident Johnson eingesetzte Sachverständigen-Kommission zu dem Ergebnis, zwischen *sexually explicit material* und *antisocial behavior* bestehe kein nachweisbarer Zusammenhang. Im Juli

1986 legte eine zweite Kommission einen Bericht zum gleichen Thema vor, der zu dem genau entgegengesetzten Urteil kam: Zwischen *sexually violent material* und Gewalt gegenüber Frauen, so behauptete das 2000 Seiten starke Gutachten, gebe es eine ursächliche Beziehung. In 92 Empfehlungen wurden Gesetzgeber, Staatsanwälte und Polizisten aufgefordert, energischer als bisher gegen Sex-Shops und Porno-Kinos einzuschreiten. Um zu verhindern, daß die Besucher von Peep-Shows in unkeuscher Weise Hand an sich legen, sollten die Türen der Kabinen – so lautete eine der Empfehlungen – entfernt werden.

Haben also die Mucker wieder Oberwasser? Müssen sich die Amerikaner darauf gefaßt machen, daß die Obrigkeit demnächst wieder die Romane von D. H. Lawrence und Henry Miller beschlagnahmt? Tatsächlich fehlt es nicht an Stimmen, die ein neues viktorianisches Zeitalter vorhersagen. Zu solchen Befürchtungen besteht jedoch kein Anlaß. Gewiß, in Washington und vor allem im *Bible Belt* mangelt es nicht an Saubermännern. Aber sie sind in der Minderheit. Von gesetzlichen Schritten gegen die Pornographie wollen – das haben Umfragen ergeben – 78 Prozent der Amerikaner nichts wissen. Im Juni 1986 fand im Bundesstaat Maine ein Referendum statt. Die Bürger sollten entscheiden, ob die Herstellung und der Vertrieb pornographischer Schriften unter Strafe zu stellen seien. Nur ein Drittel der Stimmberechtigten sprach sich dafür aus; zwei Drittel waren dagegen.

Und der »Playboy«? Sind nicht das Absinken seiner Auflage von 7,2 auf derzeit 3,4 Millionen und die Schließung der Playboy-Clubs ein sicheres Indiz dafür, daß Prüderie und Puritanismus dem Markt heute die Gesetze diktieren? Keineswegs. »Playboy« und seine Konkurrenten »Penthouse« und »Hustler« sind nicht den Puritanern zum Opfer gefallen, sondern den pornographischen Videofilmen, die man an jeder Straßenecke ausleihen oder kaufen kann.

Nicht zu leugnen ist freilich, daß die ungehemmte Promiskuität an Anziehungskraft verloren hat. Die euphorische Siegesstimmung der sechziger und siebziger Jahre ist verflogen. Die Single-Szene ist nur noch ein Schatten ihrer selbst; viele Bars wurden geschlossen oder dämmern trübselig vor sich hin. Die homosexuellen Saunen sind mit wenigen Ausnahmen verschwunden. Dies hat zunächst natürlich mit Aids zu tun: Die Gesamtzahl der Toten, die der lebensgefährlichen Seuche in Amerika zum Opfer fielen, nähert sich den 30000. (Sie liegt damit immer noch weit unter der Zahl der Krebstoten: Jahr für Jahr gehen durchschnittlich 135000 amerikanische Raucher am Lungenkrebs zugrunde.) Aber Aids erklärt nicht alles – zumal der von vielen befürchtete Einbruch der Krankheit in die heterosexuelle Gesellschaft ausgeblieben ist und wahrscheinlich auch ausbleiben wird. Unabhängig von den medizinischen Aspekten fragen sich viele Frauen, ob ihnen das anstrengende *dating* wirklich das große Glück gebracht hat. »Man ist nun zehn Jahre ledig«, schreibt der Soziologe Pepper Schwartz, »und hat eine Reihe seelischer Beulen abgekriegt. Dann kommt irgendwann einmal der Tag, wo man allein zu Hause sitzt, sich krank fühlt, und niemand ist da, der einem die Suppe kocht. Die Freunde sind beschäftigt; der Liebhaber von gestern geht mit einer andern aus. Dann sagt man sich: So toll ist das auch nicht. Ich möchte jemanden haben, dem ich wirklich etwas bedeute.«

Wird die Ehe also wieder populär? Ein Blick auf die Statistik führt zu der überraschenden Erkenntnis, daß die Zahl der Eheschließungen – proportional zur Bevölkerung – im Lauf der letzten hundert Jahre nahezu konstant geblieben ist. Es gab Ausschläge nach oben und unten, aber keine grundsätzliche Änderung der Heiratsfrequenz. Wie erklären sich dann aber die Klagen über die zunehmende Vereinsamung und Gefühlskälte der amerikanischen Gesellschaft? In ihrem Buch »The Hearts of Men: American Dreams and the Flight from Commitment« bescheinigt die Soziologin Barbara Ehrenreich den amerikanischen Männern »Egoismus, Verantwortungslosigkeit und ein auf Distanz bedachtes Desinteresse an andern«. Ihr Kollege Christopher Lasch entdeckte sogar eine ganze »Culture of Narcissism«, in der *cool sex* und rasch wechselnde Liebschaften tiefere Bindungen verdrängt haben. Fast 14 Prozent der amerikanischen Männer zwischen 30 und 44 sind unverheiratet und werden es voraussichtlich auch bleiben; vor zehn Jahren waren es noch 9 Prozent. Seit neuestem macht das Schlagwort *monosexuality* die Runde. Gemeint ist damit die totale Emanzipation von Sexualpartnern: »Als ich noch verheiratet war«, gesteht ein Buchhalter aus Phoenix, »hatte ich an sämtlichen Wänden unseres Schlafzimmers Spiegel. Aber alles, was ich zu sehen bekam, waren die Kopfschmerzen meiner Frau aus zwölf verschiedenen Blickwinkeln. Jetzt bin ich mein eigener bester Freund und brauche mich zum Dinner nicht mal mehr feinzumachen.«

Der Widerspruch zwischen der gleichgebliebenen Heiratsfrequenz und den Klagen über mangelndes *commitment* löst sich auf, wenn man die Scheidungen in Betracht zieht: Sie haben sich seit 1960 verdreifacht. Erleichtert wurde dieser explosionsartige Anstieg durch die Einführung des Zerrüttungsprinzips, das das Verschuldensprinzip in so gut wie allen Bundesstaaten verdrängt hat: Während sich zerstrittene Eheleute früher in »Scheidungsparadiese« wie Reno (Nevada) bemühen mußten, ist eine *no-fault divorce* – übrigens ein Ausdruck, der aus dem Auto-Versicherungsrecht stammt – heute überall zu haben. 1986 wurden in den USA 2,4 Millionen Ehen geschlossen und 1,16 Millionen Ehen geschieden. Mit ihrer Scheidungsrate halten die Amerikaner unangefochten den Weltrekord; bezogen auf die Bevölkerung ist sie dreimal so hoch wie die deutsche oder französische. Hochrechnungen lassen erwarten, daß von den in den achtziger Jahren geschlossenen Ehen ein Drittel geschieden wird; bei den Schwarzen sind es sogar zwei Drittel.

Da die Geschiedenen im Regelfall wieder heiraten, entwikkeln sich zwei verschiedene Gesellschaften: die allein oder in freien Verbindungen lebenden Junggesellen und die zum ersten-, zweiten- oder drittenmal verheirateten Eheleute. Diese Entwicklung schlägt sich auch in der Rechtsprechung nieder: Freie Verbindungen werden den Ehen mehr und mehr gleichgestellt. Nach der Trennung haben auch nichtverheiratete Lebenspartner Anspruch auf Alimente (*palimony*, ein aus *pal* – Gefährte – und *alimony* – Unterhalt – gebildetes Kunstwort). Im November 1987 sprach ein Gericht in San Diego (Kalifornien) die Vormundschaft über einen Sechzehnjährigen nicht der Mutter, sondern dem »Witwer« des an Aids gestorbenen Vaters zu.

Ob das Glück allein oder zu zweien vorzuziehen ist – diese Frage bleibt freilich so ungelöst wie eh und je. Im Herbst 1987 erregte das Buch »Women and Love: A Cultural Revolution in Progress« beträchtliches Aufsehen. Die Verfasserin, Shere Hite, widersprach darin der vorherrschenden Ansicht, die Frauen hätten sich in Liebe und Ehe zwar noch nicht die totale Gleichberechtigung erkämpft, seien aber auf dem besten Wege dazu. Das Bild, das Frau Hite vom amerikanischen Mann entwarf, war das des gefühllosen, egozentrischen *macho*, der intime Beziehungen brüsk abbricht oder sich mit Prostituierten herumtreibt, während seine Frau schwanger zu Hause sitzt. Von den befragten 4500 Frauen vermißten 98 Prozent die »verbale Nähe« zu ihrem Partner; 95 Prozent klagten über »seelische Verletzungen«. 87 Prozent bekannten, ihre tiefste Freundschaft empfänden sie für eine andere Frau. 70 Prozent der länger als fünf Jahre verheirateten Frauen gaben an, außereheliche Beziehungen zu unterhalten – nicht aus sexueller Vergnügungssucht, sondern wegen der emotionalen Wärme, die sie bei ihrem Ehepartner nicht fänden.

Shere Hites überraschender Befund blieb nicht unwidersprochen. In der Tat liegen die methodischen Mängel ihres Verfahrens klar zutage: 100000 Fragebögen mit 217 Fragen hatte sie verschickt. 4500 kamen ausgefüllt zurück. Sind 4,5

Prozent wirklich als repräsentativ anzusehen? Viel spricht dafür, daß ein Mensch ohne ein gerütteltes Maß an persönlicher Enttäuschung nicht mehrere Stunden opfert, um sein Intimleben schriftlich auszubreiten. Eine Umfrage, die das Harris-Institut kurz zuvor unter 3000 Personen beiderlei Geschlechts veranstaltet hatte, kam jedenfalls zu einem ganz anderen Ergebnis: 89 Prozent nannten die Beziehung zu ihrem Partner zufriedenstellend.

Wo also liegt die Wahrheit? Des Rätsels Lösung ist vielleicht in den gewachsenen Ansprüchen der Frauen zu suchen. »Wenn Frauen unglücklich sind«, sagt die Familienforscherin Joyce Maynard, »dann liegt das nicht zuletzt daran, daß sie vom Leben etwas erwarten, was man allenfalls im Fernsehen findet. Man hat ihnen gesagt, eine Frau könne Mann, Kinder und Beruf haben – und das alles in perfekter Harmonie. Das war eine Lüge.« Kein Zweifel: Die wirtschaftliche Unabhängigkeit einer wachsenden Zahl von Frauen hat sie anspruchsvoller gemacht; sie sind nicht mehr bereit, Kompromisse zu schließen, die ihre Mütter und Großmütter noch selbstverständlich gefunden hätten. Was früher als weibliche Wärme oder damenhafte Hilflosigkeit geschätzt wurde, ist für die moderne *career woman* ein rotes Tuch. Besonders schlimm ist es, Liebebedürftigkeit und Schwäche zu zeigen: Tausende weiblicher *man-junkies* nehmen an Wochenend-Seminaren und Entwöhnungskursen teil, um ihre Abhängigkeit vom anderen Geschlecht zu überwinden. Robin Norwoods Buch »Women Who Love Too Much« führte 37 Wochen lang die Bestseller-Liste der »New York Times« an.

Aber auch die Männer haben Schwierigkeiten, ihr Glück in der Ehe zu finden. Obgleich sich die durchschnittliche Beischlafsrate – 2,4mal pro Woche – seit dem Kinsey-Report nicht geändert hat, hört man überall Klagen über Langeweile und Impotenz. Die starke Betonung des Sexuellen und der Leistungszwang im Ehebett lasten auf vielen Amerikanern wie eine sportliche Herausforderung, der sie nicht gewachsen sind. Während die einen zu potenzfördernden Pillen greifen, versuchen es andere mit Apparaten, die die Geschlechtsteile vergrößern; wieder andere vertrauen sich *sexual dysfunction clinics* an, um sich von ihren Ängsten zu befreien. »Unsere Gesellschaft«, schreibt Christopher Lasch in seinem bereits erwähnten Buch »The Culture of Narcissism«, »macht Freundschaften, Liebesaffären und Ehen immer schwieriger. Während das Berufsleben kriegerischer und barbarischer wird, nehmen persönliche Beziehungen, die doch eigentlich vom Daseinskampf entlasten sollten, den Charakter eines Duells an.«

Wer von seinem Anspruch auf Glück durchdrungen ist, dieses Glück aber nicht findet, neigt dazu, seine Enttäuschung durch Alkohol und Drogen zu betäuben. 18 Millionen Amerikaner haben ein ernstes *drinking problem*; etwa ebensoviele rauchen regelmäßig Marihuana. Die Hälfte der 46000 Verkehrstoten, die 1986 auf amerikanischen Straßen starben, fiel der Trunkenheit am Steuer zum Opfer. Ein Drittel der 520000 Gefängnis-Insassen und der 30000 Menschen, die sich jedes Jahr das Leben nehmen, sind Alkoholiker; unter den 250000 Obdachlosen sind es 45 Prozent. Besonders unter den amerikanischen Schriftstellern ist der Alkoholismus seit jeher eine Berufskrankheit gewesen: Faulkner, Hemingway, Fitzgerald, Wolfe, O'Neill, Capote – sie alle waren schwere Trinker. Der Drogenkonsum unter den amerikanischen Studenten scheint nach den wilden Exzessen der sechziger Jahre ein wenig abzuflauen. Nach einer Erhebung des *National Institute on Drug Abuse* rauchen aber immer noch 42 Prozent der Studenten Marihuana; 17 Prozent nehmen Kokain, 12 Prozent Amphetamine. Dagegen steigt die Zahl der Rauschgiftsüchtigen unter den Schwarzen und den *hispanics*: Allein in New York sind es 250000.

In keinem andern Land der Welt schenkt man seelischen Störungen soviel Aufmerksamkeit wie in Amerika. Nirgendwo sonst wurden die Lehren Sigmund Freuds mit solchem Enthusiasmus begrüßt. Zur Linderung der Leiden bietet eine Armee von 160000 hauptberuflichen Seelenärzten ihre wohltätigen Dienste an. In den fünfziger Jahren unterzog sich einer unter acht Amerikanern psychotherapeutischer Behandlung; heute ist es einer unter dreien. Es wäre allerdings ein Irrtum anzunehmen, in Amerika habe sich nur die Psychoanalyse durchgesetzt. Angeboten werden nicht weniger als 450 verschiedene Behandlungsmethoden. Gestalt-Therapie, programmiertes Lernen, Psychodrama, Hypnose, Meditation, Massage, Urschrei – jede Methode hat ihre Apostel und Gläubigen.

Unter den Eheberatern hat die in Frankfurt geborene Ruth Westheimer nationale Berühmtheit erlangt. Als »Dr. Ruth« ist sie durch ihre Fernsehprogramme, Bücher und neuerdings auch durch ein Gesellschaftsspiel jedem Amerikaner bekannt. Daß sie nicht größer ist als 1 Meter 40 und ihre Auskünfte im unverfälschten Akzent ihres Geburtslandes erteilt, hat ihr ebensowenig geschadet wie die unverblümte Direktheit, mit der sie auch die heikelsten Fragen beantwortet. Empfängnisverhütung, Frigidität, Potenzschwächen (oder auch deren Gegenteil) – es gibt kein Thema, dem sie ausweicht. Auch über Sex-Shops und den Nutzen der in ihnen feilgebotenen Hilfsmittel äußert sie sich mit heiterer Ungeniertheit. Selbst ausgefallene Szenarien werden von ihr nachdrücklich ermutigt. Streng mißbilligt werden dagegen eheliche Seitensprünge. Gegen die Versuchung zur Untreue weiß sie ein doppeltes Rezept: nicht zuviel trinken und feste moralische Grundsätze. Bei dem Gesellschaftsspiel (»Dr. Ruth's Game of Good Sex«) geht es darum, daß sich Ehepaare auf getrennten »Erregungsbahnen« (*arousal tracks*) in den »Mutual Pleasure Circle« vorarbeiten. Das Spiel ist so angelegt, daß die Männer zunächst schneller vorwärtskommen, aber später auf die Frau warten müssen.

Alle Sex-Spiele, Handbücher und psychotherapeutischen Sitzungen können freilich einen Gegensatz nicht aus der Welt schaffen, der jedem Freudianer wohlvertraut ist – den Gegensatz zwischen dem persönlichen Glücksverlangen und den Ansprüchen der Gesellschaft. Schon Tocqueville wunderte sich über den ausgeprägten Konformismus der Amerikaner: »Auf den ersten Blick könnte man meinen, in Amerika seien die Geister alle nach demselben Muster geformt, so sehr folgen sie der gleichen Bahn.« Er spricht von einer »gewaltigen, bevormundenden Macht«, die die Gesellschaft »mit einem Netz verwickelter, äußerst genauer und einheitlicher Vorschriften durchzieht«; sogar die unabhängigsten Charaktere und kräftigsten Seelen seien unfähig, dieses Vorschriftennetz zu durchbrechen. Auch wenn Tocqueville hier um der Durchschlagskraft seines Argumentes willen stark vereinfacht – daran, daß er einen wunden Punkt getroffen hat, ist nicht zu zweifeln. Bis heute ist ausgeprägter Individualismus den Amerikanern verdächtig. Schon bei Kindern wird ängstlich darauf geachtet, daß sie *popular* sind und nicht durch eigenwilliges Verhalten aus dem Rahmen fallen. Es ist bezeichnend, daß die frisch emanzipierten Homosexuellen nichts Eiligeres zu tun hatten, als sich durch einheitliche Aufmachung – kurzes Haar, Schnurrbart, Jeans und Turnschuhe – sofort wieder als Gruppe kenntlich zu machen.

In seinem Roman »Babbitt« (1922) hat Sinclair Lewis dem amerikanischen Serienmenschen ein bleibendes Denkmal gesetzt. Babbitts Haus, seine Konversation und sein Geschäftsgebaren unterscheiden sich in nichts von denen seines Bekanntenkreises. Er ißt, was alle essen; er liest, was alle lesen. Selbstverständlich gehört er der »Good Citizens League« an, die Sozialisten und andere zersetzende Elemente bekämpft. Sein Freund Paul dagegen ist mit seinem spießbürgerlichen Leben unzufrieden: Er versucht auszusteigen und landet im Gefängnis. Unter dem Einfluß seiner Geliebten Myra, einer unabhängig denkenden Frau, spielt auch Babbitt eine Zeitlang mit dem Gedanken, ein neues Leben anzufangen. Als sich seine Geschäftsfreunde von ihm abwenden und er Aufträge verliert, kehrt er reumütig in den Schoß der Gesellschaft zurück. Seinem Sohn Ted gibt er jedoch den Rat, der Konvention zu trotzen und seinen eigenen Weg zu gehen. Er selbst sei leider zu alt dazu.

Daß die Babbitts bis heute nicht ausgestorben sind, beweist nicht zuletzt der Massenerfolg modischer Spielereien. Anders als gestern, so lautet die Devise, aber genauso wie der Nachbar. Hula-Hoop-Reifen, Go-Go-Stiefel, Wasserbetten, *skateboards, hot pants, cabbage patch kids* – kaum auf den Markt gekommen, verbreiteten sie sich wie eine Epidemie über das ganze Land. Das Erscheinen der *cabbage patch kids* – Puppen mit einer individuellen Lebensgeschichte, die nicht gekauft, sondern »adoptiert« werden – im Herbst 1983 löste eine Massenhysterie aus. Jeder wollte eines der »Kinder« unter dem Weihnachtsbaum haben. Da die Produktion der Nachfrage nicht gewachsen war, kam es an vielen Orten unter kauflustigen Müttern zu Prügeleien. In Middletown, Connecticut, wartete eine Käuferschlange zehn Stunden lang auf Nachschub. In einem gepanzerten Fahrzeug kamen schließlich 24 Puppen an, die unter polizeilicher Aufsicht verteilt wurden. Eine Rundfunkstation in Milwaukee kündigte an, zweitausend Puppen würden aus einem Flugzeug über dem *County Stadium* abgeworfen. Interessenten sollten ihre Kreditkarten bereit halten, damit sie aus der Luft fotografiert werden könnten. Hunderte von Leichtgläubigen fanden sich trotz eisiger Kälte im Stadium ein und harrten des Puppenregens.

Nicht minder seltsam war die *Streaking*-Manie, die im Januar 1974 von der *Florida State University* in Tallahassee ihren Ausgang nahm. *Streakers* waren Studenten, die nackt über den Campus stürmten und, ehe man wußte, wie einem geschah, wieder verschwanden. Bald erschienen die Nackedeis auch in den Hörsälen, kurz darauf in den Straßen der Stadt. Andere Staaten folgten dem Beispiel Floridas. Am 12. März wurde ein Friseur verhaftet, der unbekleidet in das Abgeordnetenhaus von Hawaii eingedrungen war. Keine Veranstaltung war vor Überfällen der *streakers* sicher: Sie störten die Verleihung der Oscars ebenso wie ein Gastspiel des kanadischen Nationalballetts in Milwaukee. Schließlich jagten ganze Rudel von Exhibitionisten durch Supermärkte und Warenhäuser; gelegentlich kam es vor, daß sie einem andern Rudel begegneten und sich ihm anschlossen. Ende Mai war die Epidemie überstanden: Während *streakers* inzwischen die Straßen von Rom und Paris unsicher machten, hatten die Amerikaner die Lust daran verloren.

In seinem bekannten Buch »The Lonely Crowd« (1950) hat der amerikanische Soziologe David Riesman den Konformismus seiner Landsleute auf die Formel gebracht, sie seien »außengeleitete Menschen«: »Das gemeinsame Merkmal der außengeleiteten Menschen besteht darin, daß das Verhalten des einzelnen durch die Zeitgenossen gesteuert wird; entweder von denjenigen, die er persönlich kennt, oder von jenen andern, mit denen er indirekt durch Freunde oder durch die Massenmedien bekannt ist... Das Bedürfnis nach Anerkennung und Lenkung durch andere überschreitet bei weitem das begründete Maß, um das sich die Menschen zu allen Zeiten um das Urteil der andern gekümmert haben.« Eine der Folgen ist laut Riesman, daß »Angst und Sorge jetzt auch in den Freizeitbereich eindringen«: »Da der außengeleitete Mensch für seine sozialen Verhaltensweisen keine Stütze mehr an objektiven Wertmaßstäben findet, befällt ihn leicht die Angst, daß ihm die Freude an Speisen und Getränken womöglich entgeht, deren Genuß doch zum Sozialanspruch geworden ist... Kurz, die Einstellung des außengeleiteten Menschen zum Essen kann ebenso wie seine sexuellen Verhaltensweisen als die dauernde Suche nach einem ihm möglicherweise entgehenden Werterlebnis formuliert werden.«

Das von Riesman beschriebene Phänomen ist keineswegs auf das Essen oder das Sexualleben beschränkt. Wir finden es auch im amerikanischen Wohnstil: Wer es sich leisten kann, zieht einen Innendekorateur zu Rate, selbst auf die Gefahr hin, daß er sich in seinen eigenen Möbeln fremd fühlt. Kein Neureicher würde es wagen, seinem persönlichen Geschmack zu folgen, und einen »Zechenden Mönch« oder »Röhrenden Hirsch« an die Wand hängen. Da man ihm gesagt hat, daß der Kenner im Wohnzimmer Ziegelsteine auf den Boden legt oder Pyramiden aus zusammengeknülltem Papier, folgt er gehorsam der Mode, auch wenn er ständig über das teure Kunstwerk stolpert. Begierig studiert der Mittelstand die Lebensgewohnheiten der oberen Zehntausend. Zum Glück fehlt es auch hier nicht an richtungweisender Literatur. Dem »Official Preppie Handbook« – *preppies* sind die Absolventen der feinen *prep(aratory) schools* – ist beispielsweise zu entnehmen, welche Schlipse und Schuhe man trägt, wo man sie kauft, welche wohltätigen Zwecke man unterstützt, welchen Clubs man beitritt, wo man essen geht, wo man wohnt und wohin man verreist. Kein Leser dieses Handbuchs würde den Fehler begehen, ein weißes oder gelbes Auto zu kaufen – derartige Geschmacksverirrungen überläßt er den Schwarzen oder den Bossen der Mafia.

Es wäre ungerecht, den amerikanischen Konformismus nur negativ zu werten. Die Standardisierung hat auch ihre angenehmen Seiten. Wer in den USA auf einem ihm unbekannten Flugplatz ankommt, hat nicht die geringsten Schwierigkeiten, seinen telefonisch reservierten Mietwagen zu finden. In europäischen Hotels mag es ein Trost sein, daß im gleichen harten Bett bereits Kaiser Karl V. eine schlaflose Nacht verbrachte. In amerikanischen Hotels kann so etwas nicht passieren: Die Betten sind überall groß und weich; die Badezimmer enthalten alles Nötige; sogar ein Blinder braucht nur seinen Ohren zu folgen, um auf dem Flur die Eismaschine zu entdecken. Auch bescheidene Wohnungen verfügen selbstverständlich über Kühlschrank und Geschirrspülmaschine; keine amerikanische Hausfrau würde auf den Gedanken kommen, mit ihrer Kücheneinrichtung umzuziehen. Und schließlich die Standardfloskeln bei Begrüßung und Abschied: Keinem Amerikaner würde es einfallen, die Frage »How are you?« nach deutscher Manier mit einem Gesundheitsbulletin zu beantworten. Die einzig zulässige Antwort ist: »Fine«. Ganz abwegig wäre es auch, nach der freundlichen Aufforderung »Let's have dinner some time« den Kalender zu zücken. Gemeint ist nichts weiter als: Die Unterhaltung ist beendet. Was die alltäglichen Umgangsformen angeht, können die Deutschen von den Amerikanern viel lernen.

Freilich: Die Reibungslosigkeit der sozialen Kontakte sagt noch nichts über das persönliche Glück. Auch manchem »außengeleiteten Menschen« mag früher oder später dämmern, daß vielleicht nicht Bentham recht hatte, sondern sein skeptischer Zeitgenosse Chamfort: »Es ist schwer, in uns das Glück zu finden; es anderswo zu finden, ist ganz unmöglich.«

Staatsreligion: Moneytheismus

»Ich kenne kein Land«, schreibt Tocqueville, »wo das Geld eine so große Rolle im Denken der Menschen spielt und wo man tiefere Verachtung hat für ein gleichbleibendes Vermögen... Es ist seltsam zu sehen, wie fieberhaft die Amerikaner nach Wohlstand streben und wie sie immer von einer unbestimmten Furcht geplagt werden, sie hätten nicht den kürzesten Weg dahin gewählt.« Viele von Tocquevilles Beobachtungen sind inzwischen überholt; diese trifft noch immer den Kern. Die Jagd nach dem *fast buck*, dem schnellen Dollar, hält die Amerikaner heute nicht weniger in Atem als vor 150 Jahren. »Wenn du wirklich reich werden willst«, lesen wir in einem der einschlägigen Führer (Napoleon Hill, »Think and Grow Rich«), »dann mußt du dein Verlangen nach Geld zur Weißglut steigern.«

Sich auch bei flüchtigen Bekannten nach ihrem Einkommen zu erkundigen, gilt keineswegs als ungehörig: Mangels einer Aristokratie oder anderer Klassenunterschiede ist das Geld zwar nicht der einzige, aber doch der wichtigste Maßstab, nach dem sich die gesellschaftliche Stellung eines Menschen bemißt. Es ist daher nur konsequent, wenn in einem Nachschlagewerk wie »The New Book of People«, das die Prominenten unserer Zeit auflistet, auch stets das geschätzte Jahreseinkommen genannt wird – für Greta Garbo 300000 Dollar, für Woody Allen 3 Millionen, für Prince 34 Millionen Dollar. Bei Papst Johannes Paul II. heißt es in der betreffenden Rubrik: »Keines, jedoch unbegrenztes Spesenkonto.«

Wie gesagt: Der einzige Maßstab ist das Geld nicht. Auch der wohlhabendste Jude oder Schwarze wird auf der *Upper East Side* von Manhattan oder unter den exklusiven Ferienorten Neuenglands Häuser finden, deren Türen ihm auf unerklärliche Weise verschlossen bleiben. Auch wenn sich der Manager und sein Buchhalter in Hemdsärmeln gegenübersitzen und freundlich beim Vornamen nennen – wo in der Hierarchie oben und unten ist und wer wen feuern kann, wissen beide ganz genau.

Auch unter den Reichen verläuft eine feine, dem Kenner aber deutlich sichtbare Grenze – eine Grenze, die nichts mit dem Umfang des Vermögens zu tun hat, sondern mit seinem Alter: Die Jay und die Livingston, die Astor und die Roosevelt, deren Reichtum aus dem 18. Jahrhundert stammt, stehen in der New Yorker *society* immer noch eine Sprosse höher als die Nachkommen der *robber barons* – die Rockefeller und die Vanderbilt, die Morgan und die Harriman –, die ihr riesiges Vermögen im 19. Jahrhundert machten. Auf dem Beacon Hill, der vornehmsten Wohngegend von Boston, sehen die Cabots und die Lowells hochnäsig auf die Kennedys herab, die ihr Geld dem Alkoholschmuggel während der Prohibitionszeit verdanken. Die Lowells, behauptet ein bekanntes Witzwort, sprechen nur mit den Cabots, und die Cabots sprechen nur mit Gott.

Aus diesen feinsinnigen Gesellschaftsspielen sollte man freilich keine allzu weitreichenden Schlüsse ziehen. Auch nagelneuer Reichtum wird in Amerika neidlos bewundert. Daß die Autobiographien von Lee Iacocca und Donald Trump – unter den *self-made men* von heute wohl die bekanntesten – monatelang auf der Bestseller–Liste standen, ist keineswegs überraschend. Niemand mokiert sich über den Muskelprotz Arnold Schwarzenegger, der sich aus einem Dorf bei Graz zu einem der höchstbezahlten Hollywood-Stars emporarbeitete und schließlich sogar in den Kennedy-Clan einheiratete. Auch eine Reihe von amerikanischen Präsidenten kam aus ärmlichen Verhältnissen. Andrew Jackson und Millard Fillmore hatten überhaupt keine Schulbildung. Als Fillmore Ehrendoktor von Oxford werden sollte, lehnte er bescheiden ab: »Ich hatte«, schrieb er der Universität, »leider nicht den Vorzug, Latein zu lernen. Nach meinem Dafürhalten sollte niemand eine Urkunde entgegennehmen, die er nicht lesen kann.«

Schon den Kindern wird eingebleut, daß Darwins Thesen vom »Kampf ums Dasein« und vom »Überleben des Tauglichsten« nicht nur für die Biologie gelten, sondern auch für das berufliche Fortkommen. Generationen amerikanischer Jungen haben die Bücher des Pfarrers Horatio Alger (1832–99) verschlungen und den Aufstieg von *Ragged Dick* oder *Tattered Tom* zu Ansehen und Wohlstand mit roten Ohren verfolgt. In Oberschulen, ja manchmal sogar schon in Volksschulen sind Einführungskurse in das Bank- und Börsenwesen fester Bestandteil des Lehrplans. Ferienlager wie das »Dollars & Cents Camp« in Florida oder das »Young American Success Camp« in Utah geben den jugendlichen Teilnehmern Gelegenheit, mit Spielgeld finanzielle Transaktionen zu üben, die ihnen später als Erwachsenen richtiges Geld bringen sollen. Manche Schülerzeitungen erscheinen mit einem Wirtschaftsteil; eine (»Penny Power«) ist ausschließlich Finanzfragen gewidmet, etwa dem wichtigen Thema: »Wie bitte ich meine Eltern um mehr Geld?« Verschiedene Banken wollen demnächst Junioren-Konten anbieten. Damit die neue Kundschaft dem Kassierer ohne Verrenkungen gegenübertreten kann, soll die Höhe der Schalter gesenkt werden.

In den Kinderbüchern von Horatio Alger vollzieht sich der Aufstieg *from rags to riches* als Lohn für Anstand und Strebsamkeit. Daß es im Leben häufig ruppiger zugeht, wird von Theaterstücken (»The Little Foxes«), Filmen (»Wall Street«) und Fernseh-Serien (»Dallas«, »Dynasty«) unermüdlich wiederholt. Das Publikum kann sich an den geldgierigen Ungeheuern nicht satt sehen. »Wall Street« variiert Glanz und Elend des Börsenmaklers Ivan Boesky, der 1987 wegen

betrügerischer Geschäfte zu Gefängnis und Schadenersatz in Höhe von 100 Millionen Dollar verurteilt wurde.
Boesky war nicht besser und nicht schlechter als die »Räuberbarone«, denen Amerika seine Industrialisierung verdankt. Der »Kommodore« Cornelius Vanderbilt, der als Sechzehnjähriger mit einem Gemüsekahn im Hafen von New York begann und es schließlich zum Eisenbahn-König Amerikas brachte, pflegte zu sagen: »Was interessiert mich das Recht? Habe ich nicht die Macht?« Daniel Drew, einer seiner Konkurrenten, der mit Jay Gould und James (»Jubilee Jim«) Fiske die *Erie Railroad* kontrollierte, hatte als Viehhändler angefangen. Dabei hatte er gelernt, worauf es beim Verkaufen ankommt: Man gibt den Kälbern Salz zu fressen; wahnsinnig vor Durst, trinken sie soviel Wasser, daß sie danach das Doppelte wiegen. Gould und Fiske versuchten mit Hilfe des Schwagers von Präsident Grant, den Goldpreis in die Höhe zu treiben. Als sich der sonst nicht übermäßig tugendhafte Grant weigerte, dem Kartell beizutreten, und anordnete, Gold aus dem Staatsschatz auf den Markt zu werfen, waren Tausende von Spekulanten ruiniert. Henry Clay Frick, der Gründer der Frick Collection, des schönsten New Yorker Museums, ließ 1892 den Streik der Stahlarbeiter in Homestead (Pennsylvania) durch dreihundert Detektive der Firma Pinkerton niederschlagen; sieben Streikende wurden erschossen.
Natürlich haben die unermeßlichen Aufstiegschancen, die Amerika dem Wagemutigen bietet, auch ihre Kehrseite: Bei ungünstiger Geschäftsentwicklung oder wenn ein illegaler Coup auffliegt, kann sich die *upward mobility* sehr rasch in eine *downward mobility* verwandeln. Dies mußte nicht nur Ivan Boesky am eigenen Leibe erfahren. Schon Jim Marshall, der als erster in Kalifornien Gold gefunden hatte, starb bankrott und geisteskrank. Im Januar 1988 wurde in Houston der Haushalt von John Connally versteigert. Der frühere Gouverneur von Texas und amerikanische Finanzminister stand bei seinen Gläubigern mit 49 Millionen Dol-

lar in der Kreide; der Erlös sollte dazu beitragen, jedenfalls einen Teil seiner Schulden zu decken. Nach dem Börsenkrach am 19. Oktober 1987 verloren Hunderte von *yuppies* ihre gutdotierten Posten. Auf Mitgefühl bei ihren glücklicheren Kollegen konnten sie kaum rechnen. Im Gegenteil: Die Ausgestoßenen sahen sich als *puppies* (*previously urban professionals*) verhöhnt. Nach Massenentlassungen im Bankhaus Salomon Brothers bestellten Witzbolde *smoked salomon* zum Lunch.

Die Unterschiede im Einkommen waren in Amerika stets besonders groß. Der Gegensatz zwischen märchenhaftem Reichtum und menschenunwürdiger Armut, zwischen Park Avenue und Bowery springt jedem Touristen ins Auge. In New York leben schätzungsweise 60000 Millionäre und ebensoviele Obdachlose. Fast 14 Prozent der amerikanischen Bevölkerung fallen unter die sogenannte *poverty line*. Das ist der höchste Prozentsatz, seitdem Präsident Johnson Mitte der sechziger Jahre zum »Krieg gegen die Armut« aufrief. Johnsons »Krieg« blieb durchaus nicht ohne bescheidene Erfolge; aber sie haben die Rezession der Jahre 1981/82 nicht überdauert. Das untere Fünftel der amerikanischen Bevölkerung verdient 5 Prozent, das obere Fünftel 42 Prozent des Nationaleinkommens, also gut achtmal soviel. Dieses Verhältnis ist seit dem Ende des Zweiten Weltkriegs ziemlich konstant geblieben. Einige Nationalökonomen wollen in den letzten Jahren eine Öffnung der Schere beobachtet haben. Manche gehen sogar so weit, das Aussterben des Mittelstandes und ein Auseinanderdriften der amerikanischen Gesellschaft in zwei feindliche Lager zu prophezeien. Andere Nationalökonomen widersprechen dieser düsteren Voraussage.

Welche der beiden Parteien auch immer recht hat – am Heer der Obdachlosen und an den schwarzen Slums wird sich auf absehbare Zeit nichts ändern. Daß trotzdem weder Sozialisten noch Kommunisten in Amerika je eine nennenswerte politische Rolle spielten, können Europäer kaum begreifen.

Schon Werner Sombart war von diesem Phänomen überrascht. In seiner Studie »Warum gibt es in den Vereinigten Staaten keinen Sozialismus?« (1906) schreibt er es vor allem dem fehlenden proletarischen Bewußtsein zu. Tatsächlich fühlt sich auch der Hilfsarbeiter nicht einer besonderen Klasse der Erniedrigten und Beleidigten zugehörig; er zweifelt nicht daran, daß ihm das Leben grundsätzlich die gleiche Chance bietet, nach oben zu kommen, wie jedem anderen Amerikaner.

Diese Erfahrung mußte auch Senator George McGovern machen, als er sich 1972 als Kandidat der Demokraten um die Präsidentschaft bewarb. Zu seinem Wahlprogramm gehörte nicht nur der verlockende *demogrant,* ein Bundeszuschuß von 1000 Dollar für jeden Staatsbürger, sondern auch die Einführung der Erbschaftssteuer: Niemand sollte mehr als 500000 Dollar erben können. Zu seinem Erstaunen mußte McGovern zur Kenntnis nehmen, daß seine demagogischen Wahlschlager von den Armen, an deren Neidgefühle sie appellierten, ebenso abgelehnt wurden wie von den Millionären. Nur in einem einzigen Staat gewann er die Mehrheit.

McGovern war nicht der erste amerikanische Politiker, der mit sozialistischen Ideen liebäugelte. Die 1891 gegründete *People's Party* forderte die Verstaatlichung der Eisenbahnen, die Verkürzung der Arbeitszeit und die Einführung der progressiven Einkommenssteuer (die damals noch als verfassungswidrig galt). Im Jahre 1900 entstand die *Socialist Party,* deren Führer Eugene Debs im Präsidentschaftswahlkampf von 1920, obgleich er damals im Gefängnis saß, eine Million Stimmen erhielt. In der Weltwirtschaftskrise, als die Zahl der amerikanischen Arbeitslosen auf 15 Millionen stieg, warb Huey Long, der skrupellose Gouverneur von Louisiana, für eine Umverteilung der Vermögen, die jedermann »ein Haus, ein Auto und ein Radio« versprach. Franklin D. Roosevelt hielt es immerhin für ratsam, Teile von Longs Programm zu übernehmen; erst die Ermordung des

»Kingfish« im September 1935 befreite ihn von seinem gefährlichsten Nebenbuhler.

Auch in der amerikanischen Literatur fehlt es nicht an Werken mit sozialistischer Tendenz: Edward Bellamys utopischer Roman »Looking Backward« (1888) entwirft das rosige Bild einer kommunistischen Zukunftsgesellschaft ohne Armut, Krankheit und Verbrechen. Upton Sinclairs »Jungle« (1906), Scott Fitzgeralds »Great Gatsby« (1925) und John Steinbecks »Grapes of Wrath« (1939) schildern die Schattenseiten des amerikanischen Kapitalismus. Alle diese Bücher waren Bestseller. »The Jungle«, der die skandalösen Zustände in den Schlachthöfen von Chicago bloßstellt, beschäftigte sogar den Kongreß; die Gesetze zur Lebensmittelüberwachung wurden verschärft. Unter den literarischen Zeitschriften war die 1934 gegründete »Partisan Review« jahrzehntelang der beliebteste Tummelplatz von Trotzkisten und anderen linken Geistern.

Während der Anhörungen des »Ausschusses für unamerikanische Umtriebe« unter dem Vorsitz des gefürchteten Senators McCarthy (Dezember 1953/Januar 1954) mußte der unbefangene Zeitungsleser den Eindruck gewinnen, in den USA sei eine mächtige Kamarilla von Marxisten am Werk, der ein Fähnlein aufrechter Patrioten gerade noch rechtzeitig in den Arm gefallen sei. Dieser Eindruck war ganz abwegig. Auch in den finstersten Zeiten der Arbeitslosigkeit und Depression hielt sich der Einfluß der Linken in engen Grenzen. Abgesehen von den Kommunisten, gibt es heute drei amerikanische Parteien, die den Sozialismus im Namen führen – die bereits genannte *Socialist Party*, die noch ältere, von deutschen Einwanderern gegründete *Socialist Labor Party* und die *Socialist Workers Party*. Ihre politische Bedeutung ist gleich Null.

Sogar unter den New Yorker Intellektuellen hat der Sozialismus ausgespielt: Nur wenige – wie etwa Arthur Miller – sind den Idealen ihrer Jugend treu geblieben. Die meisten Barrikadenkämpfer der dreißiger und vierziger Jahre sind heute erzkonservative alte Herren, die der Sowjetunion trotz *glasnost* und *perestroika* mit äußerstem Mißtrauen gegenüberstehen. Auch die »Partisan Review« ist ganz nach rechts gerutscht. Wie unbedeutend die Rolle des Marxismus in Amerika stets gewesen ist, kann man nicht zuletzt daran ablesen, daß *Labor Day*, der Tag der Arbeit, nicht wie in allen andern Ländern auf den 1. Mai fällt, sondern auf den ersten Montag im September – eine Tradition, die von den *Knights of Labor*, der ersten amerikanischen Gewerkschaft, begründet wurde.

Die Gewerkschaften hatten es nicht leicht, sich in Amerika durchzusetzen. Streiks führten immer wieder zu Mord und Totschlag. Noch 1937 kam es in Chicago zum *Memorial Day Massacre*: Die Polizei erschoß zehn streikende Stahlarbeiter und verwundete 84. Als im April 1946 400000 Bergleute in den Ausstand traten, ließ Präsident Truman die Zechen durch Militär besetzen; die Gewerkschaft wurde zu Schadenersatz in Höhe von 3,5 Millionen Dollar verurteilt. Ein Jahr später verabschiedete der Kongreß den *Taft-Hartley Act*: Er untersagte den Beitrittszwang (*closed shop*) und machte die Gewerkschaften für gebrochene Tarifverträge und Sachschäden, die durch Streikende verursacht wurden, zivilrechtlich haftbar. Politische Betätigung wurde den Gewerkschaften verboten; ihre Führer mußten eidlich versichern, daß sie keine Kommunisten waren. Der *Landrum-Griffin Act* von 1959 schränkte die Macht der Gewerkschaften – die ihren Ruf freilich durch enge Verbindungen zur Unterwelt lädiert hatten – noch weiter ein.

Und das war damals ihre große Zeit! In den fünfziger Jahren war jeder dritte Arbeitnehmer »organisiert«. Heute sind es nur noch 18 Prozent. (In der Bundesrepublik sind es 42 Prozent.) Dieser Niedergang ist einerseits Ausdruck des eingefleischten Mißtrauens der Amerikaner gegen alles, was ihren persönlichen Handlungsspielraum einschränken könnte: Bei einer Umfrage des Harris-Instituts im Frühjahr 1985 nannten 57 Prozent die Gewerkschaften zu mächtig und sprachen sich für weitere gesetzliche Beschränkungen ihres Einflusses aus. 54 Prozent waren davon überzeugt, daß die Gewerkschaften korrupt sind und mit dem organisierten Verbrechen unter einer Decke stecken. Zum andern spiegelt der Mitgliederschwund die Strukturveränderungen in der amerikanischen Wirtschaft wider, genauer gesagt: die Akzentverschiebung von der verarbeitenden »Schornsteinwirtschaft« zur Dienstleistungswirtschaft. In Dienstleistungsbetrieben haben die Gewerkschaften nur schwer Fuß fassen können. Wie sehr ihre Stellung gelitten hat, wurde nirgends deutlicher als beim Streik der Techniker des Medienkonzerns NBC im Herbst 1987. Nach drei Monaten mußte er ergebnislos abgebrochen werden. Für die Zeit ihrer Abwesenheit erhielten die Streikenden keinen Cent; ein Teil wurde entlassen.

Die Härte der amerikanischen Arbeitsbedingungen flößt den durch die Segnungen des Wohlfahrtsstaates verwöhnten Deutschen Grauen ein. Fassungslos stehen sie vor der Tatsache, daß die meisten amerikanischen Arbeitnehmer nicht einmal einen schriftlichen Vertrag haben, kaum Kündigungsschutz und nur vierzehn Tage Urlaub – den sie oft genug in zwei Teilen nehmen müssen, damit keine Ersatzkraft eingestellt zu werden braucht. Die Arbeitslosenunterstützung beträgt im Durchschnitt 35 Prozent des letzten Gehalts und wird nur sechs Monate lang gewährt. Kein Wunder, daß die Beschäftigten, wenn es sein muß, auch Gehaltskürzungen hinnehmen. *You are fired* – in diesem kleinen Satz steckt noch immer der Motor des amerikanischen Wirtschaftssystems. Daß das System freilich auch seine eindrucksvollen Vorzüge hat, zeigte sich bei der Bekämpfung der Arbeitslosigkeit: Während sich ein Unternehmer in Europa dreimal überlegt, ob er neue Arbeitskräfte einstellen soll, die er nur mit Mühe wieder loswird, kann sein amerikanisches Pendant auf Veränderungen des Marktes flexibel reagieren. Das Ergebnis kann sich sehen lassen: Seit 1982 wurden in den USA 14 Millionen neue Arbeitsplätze geschaffen; die Arbeitslosenquote sank von 9,7 auf 5,6 Prozent. (Im gleichen Zeitraum stieg sie in der Bundesrepublik von 7,3 auf 9,6 Prozent.)

Noch in einer anderen Hinsicht ist die amerikanische Wirtschaft weitaus flexibler als die deutsche. Aufgaben, die bei uns traditionsgemäß vom Staat wahrgenommen werden, liegen in den USA vielfach in privater Hand. Auch das hat seine Vorzüge: Wer einmal das ungemein kundenfreundliche amerikanische Fernsprechsystem kennengelernt hat, wird auf die bürokratische Schwerfälligkeit der Bundespost gern verzichten – von ihren Monopolpreisen ganz zu schweigen. Selbstverständlich bekommt der amerikanische Teilnehmer am Monatsende eine detaillierte Abrechnung vorgelegt, in der jedes einzelne Ferngespräch aufgeführt ist. Ändert sich ein Anschluß, so teilt ihm nicht eine strenge Frauenstimme mit: »Kein Anschluß unter dieser Nummer!«, sondern die neue Nummer selbst wird genannt. Von diesen und anderen Dienstleistungen kann der deutsche Kunde nur träumen. Auch Eisenbahnen, Museen, Theater, ja sogar manche Feuerwehren und Gefängnisse sind private Einrichtungen. Krankenhäuser werben nicht nur mit ihrem medizinischen Service, sondern auch mit der Qualität ihres Essens, ihrem Schönheitssalon und ihren *candle-light dinners*.

Ganz falsch wäre es, aus der starken Betonung materieller Dinge den Schluß zu ziehen, die Amerikaner seien unsozial und herzlos. Das Gegenteil ist richtig: In keinem anderen Land der Welt ist die private Wohltätigkeit so ausgeprägt wie in den USA. Jeder zweite Amerikaner ist in irgendeiner Form ehrenamtlich tätig. Unter den Kabinettsmitgliedern in Washington gibt es stets eine Reihe von Unternehmern, die sich aus Pflichtgefühl für ein öffentliches Amt zur Verfügung stellen, obgleich es ihnen finanziell nur Nachteile bringt. Gewiß waren die Morgan und Mellon, die Frick und Getty rücksichtslose Geschäftsleute, die sich nicht scheuten, Streikende mit Waffengewalt an das Recht des Stärke-

ren zu erinnern. Aber zugleich rechneten sie es sich zur Ehre an, einen Teil ihrer Gewinne in Kunstwerken anzulegen und ihre Sammlungen der Öffentlichkeit zugänglich zu machen. Noch heute findet man in den Aufsichtsräten der amerikanischen Museen auffallend viele Millionäre und Leute mit glänzenden Beziehungen zur Geschäftswelt. Im Jahre 1985 wurden nicht weniger als 80 Milliarden Dollar für mildtätige Zwecke gespendet. Die Älteren unter uns erinnern sich noch an die CARE-Pakete, die die schlimmste Nachkriegsnot linderten. Dem soeben besiegten, jahrelang verteufelten Gegner die Hand zu reichen und ihn vor dem Hungertod zu retten – in der Geschichte der Menschheit gibt es nicht viele Beispiele für solche Großmut.
Übrigens gibt es auch genügend Amerikaner – und keineswegs nur Dichter und lebensfremde Weltverbesserer –, die den Materialismus ihrer Landsleute verabscheuen. Das bekannteste Buch, das der Geldaristokratie die Leviten liest, ist bis heute Thorstein Veblens »The Theory of the Leisure Class« (1899) geblieben. Veblen stellt darin die amerikanische Oberschicht als unproduktive Parasiten hin, deren hauptsächliches Interesse darauf gerichtet sei, ihr Sozialprestige ständig unter Beweis zu stellen. Dies geschehe vor allem durch *conspicuous consumption*, durch »auffälligen Konsum« von Gütern, die nicht jedermann zugänglich sind. Tatsächlich spielen Status-Symbole in der amerikanischen Gesellschaft eine überragende Rolle. Materieller Erfolg macht den meisten erst dann Spaß, wenn er von anderen wahrgenommen wird. Das richtige Auto, die richtige Wohngegend, die Zugehörigkeit zu den richtigen Clubs und das Essen in Restaurants, die als *in* gelten – all das ist für den besser gestellten Amerikaner ungeheuer wichtig. Vom Oberkellner mit Handschlag begrüßt oder vom Türhüter in einen Nachtclub eingelassen zu werden, der als unzugänglich gilt, läßt auch Millionäre vor Stolz erröten.
Besonders frappierend ist der Gegensatz zwischen der materialistischen Gesinnung der Amerikaner und ihrer Religio-

sität. Soviel steht fest: Mit dem christlichen Armutsideal hat ihre Frömmigkeit nichts zu tun. Das Gleichnis vom reichen Jüngling, vom Kamel und vom Nadelöhr wird von amerikanischen Predigern nur selten erwähnt – aus einem einfachen Grund: Ihre Gemeinde würde ihnen nicht glauben. Als ein Pfarrer in New Jersey im Kindergottesdienst durchblicken ließ, in der Bibel sei weder vom Weihnachtsmann noch von einer Spielzeugfabrik am Nordpol die Rede, hagelte es Proteste empörter Eltern; der vorlaute Kirchenmann wurde auf unbestimmte Zeit beurlaubt. Zu seinem Glück ist bisher noch kein Pfarrer auf den Gedanken gekommen, über das Schicksal der Wechsler nachzudenken, die Jesus aus dem Tempel trieb. Ein Blick auf die amerikanischen Gotteshäuser legt die Vermutung nahe, daß sie durch einen Hintereingang wieder hereinkamen.

In seiner berühmten Abhandlung »Die protestantische Ethik und der Geist des Kapitalismus« (1905) hat Max Weber den Protestantismus – vor allem sein als »innerweltliche Askese« umschriebenes Leistungsethos – für die Entwicklung der modernen Wirtschaft geradezu als ursächlich hingestellt. Weber stützte sich dabei in erster Linie auf Beobachtungen, die er ein Jahr zuvor in Amerika gemacht hatte. In einem anderen Aufsatz schildert er nicht ohne Humor, wie eng Gewinnstreben und Religion in Amerika miteinander verzahnt sind: »Noch heute ist es etwas durchaus Normales, daß ein Grundstücksspekulant, welcher seine Baustellen besetzt zu sehen wünscht, vor allem inmitten derselben eine ›Kirche‹, d.h. eine Holzscheuer mit Turm, nach Art der entsprechenden Gebilde in unseren Spielzeugschachteln, erbaut und alsdann einen eben dem Seminar entsprungenen Kandidaten irgendeiner Denomination für 500 Dollar engagiert, mit der sei es ausdrücklichen, sei es stillschweigenden Zusage, daß diese Position sich zu einer Lebensstellung auswachsen werde, falls es dem Betreffenden gelinge, die Baustelle recht schnell vollzupredigen. Und es gelingt zumeist.«

Den wohl bemerkenswertesten Versuch, Christentum und *Big Business* unter einen Hut zu bringen, machte 1925 Bruce Barton, Inhaber der viertgrößten amerikanischen Werbeagentur.In seinem Buch »The Man Nobody Knows« präsentierte er Jesus als genialen Marktstrategen: »In den untersten Rängen der Geschäftswelt suchte er sich zwölf Männer zusammen und schmiedete aus ihnen eine Organisation, die die Welt eroberte.« Auch der alte Rockefeller war von der Überzeugung durchdrungen, »daß die Fähigkeit, Geld zu machen, eine Gabe Gottes ist«. Im November 1987 erklärte der Sprecher des Repräsentantenhauses, Jim Wright, in aller Unschuld: »Mein Glück, mein beruflicher Erfolg, meine wirtschaftliche Sicherheit – ich habe sie verdient. Gott hat es so gewollt.« Wer glaubt, in diesen drei Fällen besonders abgeschmackte Beispiele von Heuchelei vor sich zu haben, täuscht sich. Er braucht sich nur eine Dollar-Note näher anzusehen. Jede einzelne trägt den stolzen Wahlspruch: »In God We Trust«. Kein Wunder, daß Spötter den »Moneytheismus« die eigentliche Staatsreligion Amerikas genannt haben.

Daß sich die Kirche selbst am Geldverdienen kräftig beteiligt, hat der Skandal um den Fernsehprediger Jim Bakker und sein Unternehmen »Praise the Lord« (PTL) gezeigt. Vor seinem ruhmlosen Sturz strichen Bakker und seine Frau ein Jahresgehalt von 1,6 Millionen Dollar ein. Beide nannten sechs Luxusvillen ihr eigen, mit Schwimmbecken, klimatisierter Hundehütte und allem, was sonst dazugehört. Neu ist das Phänomen freilich nicht. Ende der siebziger Jahre hielt William R. Bright, Begründer einer »Campus Crusade for Christ«, Seminare für Geschäftsleute ab, in denen er die Bibel als »sicheren Führer zum finanziellen Erfolg« anpries: »Wir finden dort 500 Verse über das Gebet, aber mehr als 2000 über Geld und Besitz.« Auch für den Fernsehprediger Oral Roberts in Tulsa (Oklahoma) sind Glaube und Profit eins. Seinen *praying partners* bietet er einen *blessing-pact plan* an: Jede Geldüberweisung an ihn werde Gott mit Zinsen zurückzahlen. Die Überweisungen können in bar, mit Scheck oder – »sow a seed on your MasterCard« (»Säe einen Samen mit deiner MasterCard.«) – mit Kreditkarte vorgenommen werden. Im Mai 1987 dachte sich Roberts etwas Neues aus: Seitdem verkauft er Plastiktüten mit geweihtem Wasser. Den Effekt demonstrierte er, indem er in seiner wöchentlichen Gebetsstunde seine Brieftasche mit der magischen Flüssigkeit bestrich.

Gegen Webers These ist eingewandt worden, das Durchschnittseinkommen der amerikanischen Katholiken und Juden sei inzwischen höher als das der Protestanten. Diese Entwicklung beweist aber nur, in welchem Grade das puritanische Erfolgsdenken auch von anderen Religionen Besitz ergriffen hat. Längst sind Gurus auf den Plan getreten, die den Tanz um das Goldene Kalb mit asiatischer Weisheit verbrämen. Der frühere Seelenführer der Beatles, Maharishi Mahesh Yogi, offeriert auf dem Campus der *Maharishi International University* in Fairfield (Iowa) unter den »goldenen Kuppeln des reinen Wissens« Meditationsseminare, in denen man lernen kann, wie man durch bloße Willenskraft Aktienkurse in die Höhe treibt. Auch seriöse Firmen greifen mehr und mehr auf ähnliche Methoden zurück: Zur Motivierung ihrer Angestellten beschäftigen sie »Psychotechnologen«, die durch Gruppentherapie, Selbsthypnose und andere *New Age training programs* ungenutzte innere Reserven locker machen sollen. Manche dieser Programme grenzen an Gehirnwäsche: Um Verkäufer davon zu überzeugen, daß ihnen nichts unmöglich ist, werden sie in Trance versetzt und mit bloßen Füßen durch glühende Asche gejagt.

Viele, die mit orientalischer Mystik wenig anfangen können, fragen sich allerdings, ob nicht die gesamte amerikanische Wirtschaft einen Guru dringend nötig hätte. Sie verweisen auf das riesige Haushalts- und Außenhandelsdefizit, das Nachlassen der Wettbewerbsfähigkeit, den stagnierenden Lebensstandard, den Ausverkauf amerikanischer Firmen und die schlechte Qualität amerikanischer Waren und

Dienstleistungen. Fragen dieser Art kommen durchaus nicht nur aus jener wohlbekannten Ecke linker Magazine, die *Uncle Sam* gewohnheitsmäßig am Zeug flicken. Auch in Amerika selbst ertönen die Kassandrarufe, die den unaufhaltsamen Niedergang des Landes prophezeien, immer lauter. Unter den zahlreichen Büchern, die in letzter Zeit zu diesem Thema erschienen sind, hat »The Rise and Fall of the Great Powers« von Paul Kennedy das größte Aufsehen erregt. Kennedy, Historiker an der *Yale University*, untersucht das Schicksal des habsburgischen, des napoleonischen und des britischen Weltreichs und kommt zu dem Ergebnis, daß sie alle am *imperial overstretch* zugrunde gingen – der Unfähigkeit, ihr militärisches Engagement mit ihrer Wirtschaftskraft in Einklang zu bringen. Obgleich sich Kennedy in seinen Prognosen zurückhält, legt er doch den Schluß nahe, daß den Vereinigten Staaten ein ähnliches Schicksal droht. Der Börsenkrach vom 19. Oktober 1987 hat das Publikum für Voraussagen dieser Art doppelt empfänglich gestimmt.

Daß in der amerikanischen Wirtschaft nicht alles zum besten steht, ist in der Tat kaum zu bezweifeln. Die USA, früher der größte Gläubiger der Welt, sind heute ihr größter Schuldner. Das Außenhandelsdefizit – 1987 waren es 171 Milliarden Dollar – ist trotz des gefallenen Dollar-Kurses das höchste der amerikanischen Geschichte. Betrachtet man die Güter, die Amerika an Japan, seinen gefährlichsten Konkurrenten, verkauft, so könnte man glauben, es sei ein Entwicklungsland: Die fünf wichtigsten sind Mais, Sojabohnen, Weizen, Baumwolle und Kohle. Die fünf wichtigsten Güter, die Japan in die USA exportiert, sind dagegen Personenwagen, Lastwagen, Video-Recorder, Ölbohrgeräte und Motorräder. Solange der Außenhandel nur 10 Prozent des amerikanischen Sozialprodukts ausmachte, konnte man derartige Vergleiche mit einer wegwerfenden Handbewegung abtun. Inzwischen ist der Anteil des Außenhandels auf 25 Prozent des Sozialprodukts gestiegen – da wiegen Defizite und verlorene Märkte schwer. Traditionelle Industrien wie Textilverarbeitung, Automobilbau, Chemie, ja selbst neue, in Amerika entwickelte Technologien können sich gegenüber der ausländischen Konkurrenz immer weniger behaupten. In der Mikroelektronik beherrschten die USA 1975 80 Prozent des Weltmarkts; inzwischen sind sie weit hinter die Japaner zurückgefallen. Bei den Video-Recordern, ebenfalls einer amerikanischen Erfindung, haben die Japaner 95 Prozent des Weltmarkts erobert. Noch in den siebziger Jahren waren ausländische Autos auf amerikanischen Straßen eine vielbestaunte Rarität; heute wird jedes vierte importiert.

Das Bild, das sich bei den Dienstleistungen bietet, ist nicht heiterer. Die Schlaglöcher in den Straßen gehören ebenso zum New Yorker Stadtbild wie die durch Graffiti verunzierten U-Bahnen oder die stets rudelweise auftauchenden Omnibusse: Im Regelfall kommen, wenn man zwanzig Minuten gewartet hat, drei auf einmal. Lange Wartezeiten gehören auch bei Post und Banken zum Alltag. Das gleiche gilt für Buchbestellungen: Wenn man Glück hat, kann man sich nach vier Wochen an die Lektüre machen. Wer einen amerikanischen Schauspieler oder Tänzer persönlich kennenlernen will, braucht nur ein x-beliebiges Restaurant aufzusuchen: Er kann sicher sein, daß der Kellner sein Leben der dramatischen Muse geweiht hat, die nur im Augenblick seiner nicht bedarf. Daß sich seine gastronomische Beschlagenheit etwa auf der gleichen Höhe bewegt wie die Tanzkünste eines Pariser Sommeliers, läßt sich denken. Häufige Berufswechsel, mangelnde Fachkenntnisse, schlechte Bezahlung, fehlende Motivation – viele Angehörige von Dienstleistungsberufen kommen aus diesem *circulus vitiosus* nie heraus.

Aber auch Amerikaner, die ihren Beruf ernst nehmen und nicht nur als Durchgangsstation zum nächsten betrachten, haben es schwer, mit ihrem Gehalt zurechtzukommen. Gemessen an der Kaufkraft, ist es heute nicht höher als Mitte der siebziger Jahre. 1985 belief sich das mittlere Jahreseinkommen einer Familie auf 28000 Dollar; berücksichtigt man den Verfall des Geldwerts, so entspricht diese Summe ziemlich genau dem, was die gleiche Familie 1973 verdiente. Dabei ist zu berücksichtigen, daß die Frau heutzutage sehr viel häufiger mitarbeitet als damals. Mit anderen Worten: Ohne Doppelarbeit wäre nicht einmal der Lebensstandard der siebziger Jahre zu halten. Ein Blick auf die Grundstückspreise lehrt, warum das so ist. Wer sich 1950 den amerikanischen Traum, ein Eigenheim, erfüllen wollte, mußte für die Rückzahlung des Darlehens im Durchschnitt 14 Prozent seines Netto-Gehaltes aufwenden. Heute sind es 44 Prozent.

Optimisten lassen sich von den Kassandrarufen nicht aus der Ruhe bringen. Schuld am stagnierenden Lebensstandard, so hören wir, seien die Ölkrise und der *Baby Boom* gewesen. Tatsächlich fand zwischen 1946 und 1964 die größte Bevölkerungsexplosion der amerikanischen Geschichte statt: 74 Millionen Kinder kamen zur Welt. In den siebziger Jahren begannen die inzwischen herangewachsenen Babies, sich auf dem Arbeitsmarkt umzusehen – mit der zu erwartenden Folge: Entsprechend dem Gesetz von Angebot und Nachfrage sanken die Gehälter. Mittlerweile hat der Markt diese Generation absorbiert; es spricht also einiges dafür, daß die Gehälter in den neunziger Jahren nicht nur nominal steigen werden. Aber wie steht es mit dem Haushalts- und Außenhandelsdefizit? Gewiß, räumen die Optimisten ein, seien beide zu hoch. Aber ganz so hoch, wie es die Statistiken anzeigen, seien sie auch wieder nicht: Es werde immer vergessen, daß die amerikanischen Multis viel in ihren ausländischen Niederlassungen produzieren; in der Statistik erscheinen diese Güter entweder überhaupt nicht oder, wenn sie in die USA eingeführt werden, sogar auf der Sollseite.

Während die Pessimisten ihr Land auf einem abschüssigen Weg sehen, an dessen Ende Zustände herrschen wie heute in

Mexiko und Brasilien, glauben die Optimisten an die Vitalität und Regenerationsfähigkeit der amerikanischen Wirtschaft. Mit dem Ungleichgewicht der Bilanzen werde sie ebenso fertig werden, wie sie mit der Arbeitslosigkeit und der Inflation fertig geworden sei. Ein Vergleich mit den lateinamerikanischen Großschuldern sei schon deshalb abwegig, weil man nicht nur Güter, sondern auch die Reservewährung der Welt produziere: Solange drei Viertel des gesamten Welthandels in Dollar fakturiert werde, könne es mit ihm nicht ganz schlecht stehen. Bisher habe sich Amerika nicht einmal versucht gesehen, seine Probleme mit der Notenpresse zu lösen. Das sei auch nicht nötig: Das Ausland dränge sich geradezu, Amerika Kredite zu geben.

Soviel steht fest: Die wirtschaftlich dominierende Stellung von 1945, als die USA 40 Prozent des Welthandels beherrschten, ist unwiederbringlich dahin. (Heute beherrschen sie 20 bis 25 Prozent.) Aber wer konnte denn erwarten, daß diese Ausnahmesituation ewig dauern würde? Heute haben sich Europa und Japan von den Zerstörungen des Krieges erholt und ihre verlorenen Anteile am Weltmarkt zurückerobert – übrigens, wie man gerechterweise hinzufügen muß: mit tatkräftiger Hilfe Amerikas. Was wir vor uns haben, ist letztlich nichts weiter als eine Normalisierung abnormer Verhältnisse. Man sollte also nicht sagen: Amerika ist gesunken – sondern vielmehr: Japan und Europa sind gestiegen. Daß Amerika aus diesem veränderten Kräfteverhältnis seine Schlüsse ziehen wird, ist klar. Den Japanern und Europäern werden diese Schlüsse kaum behagen. Nicht nur Professor Kennedy, auch andere Publizisten weisen mit zunehmender Schärfe darauf hin, daß in den USA die Kosten für die Verteidigung fast 7 Prozent des Staatshaushalts ausmachen, in Europa dagegen nur 3 Prozent, in Japan gar nur 1 Prozent. Die Forderung nach einer Übernahme amerikanischer Lasten durch die reichgewordenen Verbündeten liegt in der Luft. Vom *burden sharing* werden wir in den nächsten Jahren noch viel zu hören bekommen.

Nobelpreisträger und Analphabeten

»Harvard war sicher nicht so schädlich wie die anderen Universitäten. Man lernte wenig und das Wenige schlecht; aber der Geist blieb offen und frei von Vorurteilen – ahnungslos, aber formbar. Wer in Harvard studiert hatte, wußte fast nichts; aber er war bereit, Wissen in sich aufzunehmen.« Dieses zweifelhafte Lob der ältesten und, wie viele glauben, immer noch besten Hochschule der Vereinigten Staaten finden wir in einem der klassischen Werke der amerikanischen Memoirenliteratur, der »Erziehung des Henry Adams« (1907). Noch schärfer geht die *Carnegie Foundation for the Advancement of Teaching* mit den Hochschulen ihres Landes ins Gericht. In einem Anfang November 1986 veröffentlichten Gutachten wirft sie den Colleges vor, sie versorgten ihre Studenten zwar mit den notwendigen Berechtigungsscheinen für den späteren Beruf, verfehlten aber ihre eigentliche Aufgabe, nämlich die Studenten zu erziehen. Im Bestreben, möglichst viele zahlungskräftige Kunden anzulocken, seien sie zu akademischen Supermärkten entartet. »Wir sind bereit«, – so wird ein Dekan aus dem Mittelwesten zitiert – »jedes beliebige Studienfach anzubieten, vorausgesetzt, daß es sich verkauft.«

Ein Blick auf die Lehrpläne scheint diesen Vorwurf zu bestätigen. Es wimmelt von Disziplinen wie »Sekretariatswissenschaft«, »Hotel-Management« oder »wissenschaftliche Krankenpflege«. Die streng religiöse *Liberty University* des Gründers der »Moral Majority«, Jerry Falwell, bietet in ihrem Lehrplan das Fach »Modevermarktung« *(fashion merchandizing)* an; nach bestandenem Examen winkt dem Absolventen der begehrte Bachelor-Grad. Sogar Leichenbestatter können ihr düsteres Gewerbe durch ein Diplom in *mortuary science* adeln. Bei uns wird häufig darüber geklagt, daß zwanzig Prozent eines Altersjahrgangs in die Hochschulen drängen. In den USA sind es mehr als fünfzig Prozent, die die 3300 Hochschulen des Landes – davon 130 allein in New York – bevölkern. Muß ein derartiger Massenbetrieb nicht zu Niveauverlust und Mittelmäßigkeit führen? Bedenkt man obendrein, daß der Sport an vielen amerikanischen Universitäten eine kapitale Rolle spielt und daß daher so mancher Athlet seine Zulassung weniger seinem Kopf verdankt als seinen Beinen, so scheint das Urteil festzustehen: Wo immer die deutschen Universitäten nach einer Lösung ihrer Probleme suchen – in Amerika finden sie sie nicht.

Kein Urteil könnte voreiliger sein. Wer die amerikanischen Hochschulen verstehen will, muß zunächst einmal zur Kenntnis nehmen, daß sie sich nicht über einen Kamm scheren lassen. Neben Spitzeninstituten wie Princeton und Johns Hopkins, Stanford und Berkeley gibt es Hunderte von Etablissements, bei denen wir zögern würden, ihnen den Rang einer Universität überhaupt zuzuerkennen. Die Zulassung neuer Hochschulen und die Erteilung des Rechts, akademische Grade zu verleihen, ist Sache der Einzelstaaten; manche erweisen sich darin als äußerst großzügig. Die bloße Auskunft »Ich habe Kunstgeschichte studiert« wird in Amerika daher als unzureichend empfunden. Ihr folgt sofort die Frage: Wo? Die Zahl der Hochschulen, in denen nach dem Humboldtschen Prinzip zugleich gelehrt und geforscht wird, liegt unter hundert. Die exklusive *Association of American Universities,* der offizielle Gesprächspartner der Westdeutschen Rektorenkonferenz, hat nur 56 Mitglieder.

Die krassen Unterschiede sind ein Erbe der Geschichte. Die frühesten amerikanischen Hochschulen waren, anders als in Deutschland, nicht staatliche, sondern private Gründungen. Inzwischen hat sich das Bild zwar erheblich gewandelt, aber noch immer werden sechzig Prozent aller Hochschulen von nicht-öffentlichen Rechtsträgern geführt. (Die größte der privaten Anstalten ist die *New York University*: Sie hat 40000 Studenten und 5000 Professoren.)

Grob vereinfacht läßt sich die Entstehungsgeschichte der amerikanischen Hochschulen in vier großen Schüben darstellen: Die ältesten – Harvard (1636), Yale (1701), Princeton (1746), Columbia (1754) – lehnten sich an das Vorbild von Oxford und Cambridge an. Ihr Ziel war die Ausbildung protestantischer Geistlicher. Es war das College von Philadelphia, das neben den klassischen *humanities* erstmals auch Mathematik, Natur- und Rechtswissenschaften in den Lehrplan aufnahm; 1765 wurde hier die erste *medical school* Amerikas eröffnet.

Noch weiter ging die *University of Virginia* in Charlottesville (1825): Unter dem Einfluß Thomas Jeffersons ließ sie die Theologie ganz in den Hintergrund treten und bot ein betont weltliches, gegenwartsbezogenes Programm. Nach North Carolina (Chapel Hill, 1795) und Georgia (Athens, 1801) war Virginia der dritte Bundesstaat, der die Hochschulerziehung seiner Landeskinder selbst in die Hand nahm. Die Regierung in Washington trat erstmals beim sogenannten *Morrill Act* (1862) in Erscheinung: Bei den großen Landschenkungen des Bundes an die Einzelstaaten mußten sich die Beschenkten verpflichten, einen Teil des Verkaufserlöses für den Bau landwirtschaftlich-technischer Hochschulen bereit zu stellen. Diese *land-grant universities* erwiesen sich bei der Ausbreitung des Hochschulgedankens von Ost nach West als bedeutsame Meilensteine.

Das neunzehnte Jahrhundert war auch die große Zeit der Universitätsgründungen durch geldschwere Stifter. Schon die Namen – Duke (1838), Cornell (1865), Vanderbilt (1872), Johns Hopkins (1876), Stanford (1887) – zeigen an, daß sich hier ein Wohltäter selbst ein Denkmal gesetzt hat. Besónders rührend ist die Entstehungsgeschichte der *Stanford University*: Leland Stanford, der sich vom Verkäufer in einem Kramladen zum Eisenbahnkönig Kaliforniens emporgearbeitet hatte, mußte während einer Italienreise hilflos mitansehen, wie sein einziger Sohn am Typhus starb. Noch am gleichen Tag – so will es die Legende – beschlossen Stanford und seine Frau, »die Kinder Kaliforniens zu unseren Erben zu machen«. Das wissenschaftliche Vorbild für diese Gründungen waren übrigens nicht die englischen, sondern die deutschen Universitäten, die damals auf dem Gipfel ihrer Weltgeltung standen. Ein amerikanischer Akademiker, der auf sich hielt, kam um ein Semester in Heidelberg oder Göttingen kaum herum. *Tempi passati!*

Nach dem Zweiten Weltkrieg kam es dann noch einmal zu einem mächtigen Schub von Neugründungen. 1944 hatte der Kongreß die *G. I. Bill of Rights* verabschiedet, die demobilisierten Kriegsteilnehmern die Möglichkeit bot, sich mit staatlicher Beihilfe an einer Hochschule zu immatrikulieren. In den sechziger Jahren, als Präsident Johnson die Vision einer *Great Society* verkündete, schossen überall im Land *Community Colleges* aus dem Boden. Halb Fach-, halb Volkshochschule, boten sie einem Personenkreis, der bis dahin an ein Studium nicht im Traum gedacht hätte, eine zweijährige berufsorientierte Ausbildung. Inzwischen ist die Zahl der *Community Colleges* und ihrer privaten Gegenstücke, der *Junior Colleges*, auf nahezu zweitausend gestiegen. Die gewaltige Explosion der Studentenzahl – seit den sechziger Jahren hat sie sich verdreifacht – geht nicht zuletzt auf ihr Konto.

Eines haben die amerikanischen Hochschulen bei aller Verschiedenheit miteinander gemein: Sie sind autonom. Kein Kultusminister versucht, die Anstalten seines Sprengels an die Kandare zu legen. Letzte Instanz – nicht nur bei den privaten, sondern auch bei den staatlichen Hochschulen – ist ein Aufsichtsrat, *Board of Trustees* oder *Board of Regents* genannt; er bestellt den Präsidenten, er legt Studiengebühren und Professorengehälter fest und entscheidet darüber, ob ein neues Forschungsinstitut gebaut wird oder nicht. Deutsche Gastprofessoren stellen neiderfüllt fest, daß ihre amerikanischen Kollegen mit Verwaltungsaufgaben weit weniger behelligt werden als sie selbst: Sie liegen in der Hand des Präsidenten und seiner Administration. Ein wichtiges Mitspracherecht im Aufsichtsrat haben die *alumni*, die ehemaligen Studenten: Anders als in Deutschland bleiben sie ihrer *alma mater* auch nach dem Abschlußexamen verbunden, nehmen an ihren Festen teil und unterstützen sie durch Geldspenden.

Die Autonomie der Hochschulen umfaßt vor allem drei Komplexe: die Festlegung des Lehrplans, die Aufnahme der Studenten und die Beschaffung der finanziellen Mittel. Obgleich die alten protestantischen Colleges seit den Tagen Jeffersons ihren religiösen Charakter nahezu ganz verloren haben, gibt es immer noch Universitäten, die sich einem bestimmten Glauben verpflichtet fühlen: Georgetown und Notre Dame sind katholisch, Brandeis und Yeshiva sind jüdisch; die Mormonen bilden ihren Nachwuchs an der *Brigham Young University* in Provo (Utah) aus. Die Gefolgschaft des Fernsehpredigers Oral Roberts kann dagegen in der *Oral Roberts University* in Tulsa (Oklahoma) das Studium mit Bibel-, Bet- und Singstunden verbinden.

Einer der markantesten Unterschiede zwischen deutschen und amerikanischen Hochschulen liegt darin, daß sich die amerikanischen ihre Studenten selbst aussuchen können, die deutschen – von ein paar marginalen Sonderfällen abgesehen – jedoch nicht. Anders als das Abitur ist das Abschlußexamen der amerikanischen Oberschule *(high school)* zwar notwendige, nicht aber zureichende Bedingung für ein Studium. Prestige-Universitäten nehmen nur einen Bruchteil der Bewerber auf – Yale 19 Prozent, Harvard und Princeton 17 Prozent, Stanford gar nur 15 Prozent. Auch die neun Filialen der (staatlichen) *University of California* mit ihrem »Flaggschiff« Berkeley an der Spitze akzeptieren keineswegs jeden Bewerber – auch dann nicht, wenn er aus Kalifornien stammt. Nach einem innerstaatlichen Reglement sind sie nur gehalten, das obere Achtel der kalifornischen High-School-Absolventen aufzunehmen. Wer nicht zum oberen Achtel, wohl aber zum oberen Drittel gehört, wird an die *California State University* verwiesen. Der Rest muß mit einem *Community College* vorlieb nehmen oder mag sein Glück an einer privaten Einrichtung versuchen. Maßgebend für die Aufnahmeprüfung ist in erster Linie der *Scholastic Aptitude Test* (SAT), ein landesweit identisches Fragebogen-Examen, das im vorletzten High-School-Jahr abgelegt wird. Berücksichtigt werden aber auch der Rang in der Klasse und Empfehlungsbriefe von Lehrern; manche Universitäten verlangen obendrein einen Aufsatz. Mündliche Aufnahmeprüfungen kommen dagegen selten vor.

Natürlich können sich nur die besten Hochschulen eine derart rigorose Auslese leisten. Die weniger überlaufenen verfahren genau umgekehrt: Mit massiven Werbekampagnen versuchen sie, Studenten für sich zu gewinnen. Dabei spielen neben den akademischen Vorzügen auch der Wohnkomfort und die *extracurricular activities* eine große Rolle: Sportanlagen, universitätseigene Radio- und Fernsehstationen, Theater und Museen – sie alle tragen zur Anziehungskraft einer Universität ebenso bei wie die Qualität des Lehrkörpers. Daß das Schauspielhaus Bochum sein erstes Amerika-Gastspiel nicht am Broadway absolvierte, sondern auf dem Campus der *State University of New York* in Purchase und daß sich die einzige geschlossene Sammlung deutscher Kunst in Amerika auf dem Campus von Harvard findet, ist nichts Außergewöhnliches. Nach dem Muster von Hotel- und Reiseführern versuchen verschiedene »Selective Guides to Colleges« dem Neuling durch Verteilung von Sternchen und anderen Gütezeichen im akademischen Irrgarten den Weg zu weisen.

Ein weiterer gewichtiger Unterschied zwischen deutschen und amerikanischen Hochschulen sind die Studiengebühren. Ein kostenloses Studium ist in Amerika nicht die Regel, sondern die Ausnahme. Bei den staatlichen Anstalten hält sich die *tuition* noch in maßvollen Grenzen (in Berkeley liegt sie zur Zeit bei 1500 Dollar pro Jahr); aber das Vergnügen, ihre Kinder an einer der privaten Spitzenschulen studieren zu sehen, kann die Eltern teuer zu stehen kommen: Unter 12000 Dollar jährlich geht es kaum ab. Da die Studenten auf dem Campus wohnen, kommen noch ungefähr 5000 Dollar für Kost und Logis hinzu. Damit ist keineswegs gesagt, daß nur die Söhne und Töchter von Großverdienern Aussicht haben, in den erlesenen Zirkel der *Ivy League* vorzustoßen. Im Gegenteil: Die Aufnahmeprüfungen erfolgen im allgemeinen ohne Ansehen der Vermögensverhältnisse des Bewerbers. Macht er nach der Zulassung glaubhaft, daß er die Studiengebühren nicht aufbringen kann, so werden sie ihm – je nach seinen Leistungen – ganz oder teilweise erlassen. In Stanford zahlen nur 40 Prozent aller Studenten die volle Studiengebühr, in Harvard gar nur 25 Prozent.

Woher beziehen die Universitäten ihre übrigen Einnahmen? Bei den Stiftungen sind es zunächst die Erträgnisse aus dem Stiftungsvermögen *(endowment)*: Die University of Texas ist in der glücklichen Lage, Ölquellen zu besitzen. Stanford hat einen Teil seines beträchtlichen Grundbesitzes an Einkaufszentren und Computer-Firmen verpachtet; aus dem *Industrial Park* auf dem Universitätsgelände entwickelte sich die inzwischen weltberühmte Konzentration von High-Tech-Unternehmen im *Silicon Valley*. Vor zwei Jahren sahen sich nicht wenige Hochschulen wegen ihrer Kapitalanlagen in Südafrika studentischen Protesten ausgesetzt; einige von ihnen verpflichteten sich, die inkriminierten Aktien abzustoßen.

Eine dritte Einkommensquelle sind Forschungsaufträge. Anders als bei uns, wo sowohl die Industrie wie der Bundesforschungsminister zögern, sich mit der schwerfälligen Hochschulbürokratie einzulassen (nur fünf Prozent der

BMFT-Mittel gehen an die Universitäten), werden in den USA drei Viertel aller Forschungsprojekte den Universitäten anvertraut. Amerikanische Professoren haben gegenüber Politik und Kommerz keinerlei Berührungsängste. Stolz wird der deutsche Gast darüber belehrt, daß die deutsche Industrie zu amerikanischen Hochschulen engere Beziehungen unterhält als zu denen ihres eigenen Landes. Bei militärischen Forschungsvorhaben ist freilich auch für manchen amerikanischen Wissenschaftler die Schmerzgrenze erreicht. So hat es Princeton abgelehnt, an der Entwicklung von SDI mitzuarbeiten. Nicht so Johns Hopkins – allerdings unter der Bedingung, daß alle Forschungsergebnisse in wissenschaftlichen Publikationen veröffentlicht werden dürfen.

Am weitesten in der Zusammenarbeit mit der Industrie ist Stanford gegangen: Am *Center for Integrated Systems* (CIS) werden von Professoren und Elektronik-Firmen gemeinsam neue Technologien entwickelt. Nicht nur in Stanford haben die Professoren das Recht, nebenher als Unternehmensberater tätig zu sein – ein hübsches Zubrot, das die Bezüge nicht unerheblich aufbessert. Der Leiter des CIS, Professor Linvill, erfand für seine blinde Tochter einen Leseapparat, der Druckbuchstaben in Signale verwandelt, die sich mit den Fingerspitzen erfühlen lassen. Der »Optacon« genannte Apparat ist inzwischen im Handel erhältlich; Professor Linvill nimmt als Aufsichtsratsvorsitzender der Firma, die ihn vertreibt, am wirtschaftlichen Ertrag seiner Erfindung teil.

Deutsche Austauschstudenten klagen oft darüber, daß das Studium in Amerika stark »verschult« sei. Tatsächlich hält man von der akademischen Freiheit, die zur deutschen Tradition gehört, jenseits des Atlantiks wenig. Jedem Studenten wird ein Professor als Tutor *(faculty adviser)* zugeteilt; er genehmigt den Studienplan seines Schützlings und überwacht dessen Fortschritte. Anwesenheitspflicht, Leselisten, Fragestunden selbst in Massenvorlesungen und häufige Zwischenprüfungen sollen verhindern, daß der Student zurückbleibt und den Anschluß verliert. Der Typus des »ewigen Studenten« ist in Amerika unbekannt, die bei uns so heftig umstrittene »Regelstudienzeit« seit langem fest etabliert. Das Zahlenverhältnis zwischen Lehrenden und Lernenden liegt an einer guten Hochschule bei eins zu zehn, nicht wie an deutschen Hochschulen bei eins zu vierzig oder fünfzig.

Charakteristisch für das amerikanische System ist die Zweiteilung in Grundstudium *(undergraduate study)* und Aufbaustudium *(graduate study)*. Das vierjährige Grundstudium soll den Lernenden nicht nur auf seinen späteren Beruf vorbereiten, sondern ihm vor allem eine möglichst breite Allgemeinbildung vermitteln. Auch angehenden Chemikern, Ingenieuren und Ärzten wird nahegelegt, sich mit den schöngeistigen *liberal arts* zu beschäftigen – Gegenständen also, mit denen sie auf ihrem späteren Lebensweg nur noch wenig zu tun haben werden. Es ist das klassische Ideal des umfassend gebildeten, nicht zum Spezialisten verkrüppelten Gentleman, das hier durchschimmert. Weitaus die meisten Studenten schließen ihre akademische Laufbahn nach dem Grundstudium als *bachelor* ab. Nur ein Sechstel studiert weiter, um den *master's degree* oder gar den Doktortitel zu erwerben.

Das Grundstudium ist in den letzten Jahren unter scharfen Beschuß geraten. Ein Bericht des *National Endowment for the Humanities* stellte 1984 fest, weniger als die Hälfte aller Colleges verlangten von ihren Studenten die Kenntnis einer Fremdsprache; in drei Vierteln könne der *bachelor's degree* ohne das Studium der europäischen Geschichte, in 86 Prozent ohne das Studium der Antike erworben werden. Daß es die traditionellen geisteswissenschaftlichen Fächer gegenüber Modethemen wie *computer science* oder *social work* schwer haben, ist in der Tat kaum zu leugnen. An die hundertfünfzig *liberal arts colleges* mußten in den letzten zehn Jahren mangels Zulaufs schließen. Daß die übrigen den Weg des geringsten Widerstands gehen und anbieten, was der

Markt verlangt, ist gewiß zu bedauern, entspricht aber der Logik von Angebot und Nachfrage.

Damit die humanistische Bildung nicht endgültig zur *computer literacy* verkommt, schlägt der erwähnte Bericht der *Carnegie Foundation for the Advancement of Teaching* einen Kanon von Kernfächern *(integrated core)* vor, der die »Werte der Gesellschaft« und die Kenntnis der »großen Bücher« einschließt. Dieser Vorschlag hat zwar viel Beifall gefunden, ist aber auch nicht ohne Widerspruch geblieben. Manche Kritiker halten ihn für lebensfremd und für einen untauglichen Versuch, das Rad der Geschichte zurückzudrehen.

Noch in einem zweiten Punkt sehen sich die amerikanischen Universitäten auf die Anklagebank gesetzt. Erziehungsminister Bennett tadelte im Frühjahr 1987 die hohen Studiengebühren der privaten Colleges und warf ihnen »Habgier« vor. Tatsächlich müssen immer mehr Studenten Darlehen aufnehmen: Daß ein Mediziner seine Lehrzeit mit Schulden von 30000 Dollar abschließt, ist keine Seltenheit. Auch hier zeigt sich die Kehrseite eines Systems, in dem Angebot und Nachfrage das letzte Wort haben.

Daß dieses System neben seinen Schattenseiten aber auch eindrucksvolle Vorzüge besitzt, das hat sich mittlerweile auch unter deutschen Akademikern herumgesprochen. Um die Spreu vom Weizen zu trennen, hat der Wissenschaftsrat im März 1986 angeregt, die Universitätsausbildung nach angelsächsischem Vorbild in Grund- und Graduiertenstudium aufzuteilen. Das wäre aber nur der erste Schritt. Eine wirkliche Besserung der Verhältnisse ist erst dann zu erwarten, wenn man das Wort »Elite« (von lateinisch *eligere*, auswählen) nicht länger tabuisiert und den deutschen Hochschulen das zugesteht, was die amerikanischen als ihren wertvollsten Schatz hüten – Autonomie. In den letzten zwanzig Jahren wurden neun deutsche Wissenschaftler mit dem Nobelpreis ausgezeichnet und im gleichen Zeitraum 78 amerikanische. Daß diese Diskrepanz irgendwie auch mit dem Hochschulsystem zu tun hat, müßte sogar einem Kultusminister einleuchten.

Die Erfolge der amerikanischen Universitäten, vor allem des Graduiertenstudiums, sind um so bemerkenswerter, als das Schulwesen auf höchst wackligen Füßen steht. Zwar herrscht bis zum 16. Lebensjahr Schulpflicht, doch läßt die Qualität des Unterrichts vielerorts zu wünschen übrig. Im April 1983 wurden die Amerikaner durch den Bericht einer vom Erziehungsminister eingesetzten Kommission aufgeschreckt. Unter der Überschrift »A Nation at Risk« kam der Bericht zu einem vernichtenden Urteil über die Grund- und Oberschulen. 13 Prozent der Siebzehnjährigen seien »funktionale Analphabeten«, d. h. unfähig, Verkehrsschilder, Gebrauchsanweisungen oder Fahrpläne zu verstehen. Unter den Schwarzen und den *hispanics* liege der Anteil nahe 40 Prozent. Nur ein Drittel der Siebzehnjährigen sei in der Lage, ein rechnerisches Problem zu lösen, das mehrere gedankliche Schritte erfordert. Nur ein Fünftel könne einen überzeugenden Aufsatz schreiben. Der Bericht warnte vor der *rising tide of mediocrity*, dem »Ansteigen der Mittelmäßigkeit«, die die Vereinigten Staaten schon jetzt aus vielen Märkten verdrängt habe und weiter verdrängen werde.

Die Gründe für das niedrige Niveau der öffentlichen Schulen sind nicht schwer zu finden. Zum einen sind es die kümmerlichen Bezüge der Lehrer: Ihr jährliches Durchschnittsgehalt beträgt derzeit 26 500 Dollar, in einigen Staaten sogar weniger als 20 000 Dollar. Daß man für ein Einkommen, das unter dem von Elektrikern und Polizisten liegt, keine qualifizierten Leute findet, liegt auf der Hand. Der zweite Grund sind die Lehrpläne: Sie sind nicht nur von Ort zu Ort verschieden; das Fächer-Angebot ist sogar noch verwirrender als in unserer vielgeschmähten »reformierten Oberstufe«. In 35 Staaten fordern die *high schools* nur ein Jahr Mathematik und ein Jahr Naturwissenschaften. Geschichte wurde vielfach durch *current events*, also die Erörterung von Zeitungsnachrichten, ersetzt. Fremdsprachen werden nur in acht Staaten angeboten – als Wahlfach. Reichlich vorhanden sind dagegen anspruchslose Disziplinen wie Kochen, Autofahren oder »Wie richte ich meine Wohnung ein?«. Da die Schüler selbst ihren Stundenplan *à la carte* zusammenstellen, darf sich niemand wundern, wenn die meisten unnötigen Anstrengungen aus dem Wege gehen und lieber »Ehe und Scheidung« wählen als Französisch.

Die Gleichgültigkeit gegenüber dem theoretischen Wissen hat in Amerika eine lange Tradition. Ihr bedeutendster Apostel war der Philosoph und Psychologe John Dewey. In seinen Büchern »The School and Society« (1899) und »Democracy and Education« (1916) machte er sich zum Anwalt einer Erziehung, die mehr den Charakter im Visier hat als den Kopf. Nicht auf andressierte Kenntnisse komme es an, sondern darauf, daß die Schüler nützliche Mitglieder der menschlichen Gemeinschaft werden. Daß ein solches mehr soziales als wissenschaftliches Ausbildungsziel gerade unter amerikanischen Pädagogen Anklang fand, kann man gut verstehen: Im Einwandererland USA fällt der Schule die Aufgabe zu, Kinder, die häufig kaum die Landessprache beherrschen, möglichst rasch zu guten Amerikanern zu machen. Auch an den privaten Oberschulen spielen Sport, Schulfeste und andere gesellige Aktivitäten eine mindestens ebenso wichtige Rolle wie die Vermittlung von Wissen.

Dafür, daß Amerika die methodische Ausbildung den Universitäten überläßt und obendrein keine Berufsschulen kennt, zahlt es freilich einen hohen Preis: Zwar produziert es mehr Nobelpreisträger als jedes andere Land der Welt, aber auf die Serienfertigung von Automobilen, Fotoapparaten und Schallplatten – Tätigkeiten, bei denen es nicht auf einen Doktortitel ankommt, sondern auf geistige und handwerkliche Präzision – verstehen sich andere Völker weit besser. In Fragen der Rechtschreibung sind selbst gebildete Amerikaner erstaunlich unsicher. Auch die in der Schule versäumten Fremdsprachenkenntnisse lassen sich später nur mit Mühe nachholen. Im Ausland sind die Amerikaner noch hilfloser als Franzosen und Engländer – was einiges heißen will. Amerikanische Dolmetscher, die Fremdsprachen perfekt beherrschen, sind hochbezahlte Raritäten. Als Präsident Carter 1977 Polen besuchte, machte er sich zum Gespött der Warschauer Presse: Der vom *State Department* gestellte Dolmetscher hatte dem aufhorchenden Parteichef Gierek mitgeteilt, Carter habe Washington wenige Stunden zuvor »im Stich gelassen« und nehme die polnische »Lüsternheit« nach amerikanischen Krediten mit Verständnis auf.

Hinzu kommt, daß ein großer Teil der Schüler die Oberschule nicht einmal beendet. In vielen Schulbezirken übersteigt die *drop-out rate* 50 Prozent; in den schwarzen Gettos der Bronx liegt sie bei 85 Prozent. Versuche, das Unterrichtsniveau zu heben, werden gerade von den Minoritäten als diskriminierend bekämpft. Als Texas ein Gesetz (»no-pass, no-play«) erließ, das Sitzenbleiber vom Schulsport ausschloß, kam es zu wütenden Demonstrationen: Da die besten Athleten und Baseball-Spieler häufig unter den Schwarzen zu finden sind, fürchteten die Schulen um die Wettbewerbsfähigkeit ihrer Mannschaften. Auch die *National Education Association* – eine Gewerkschaft, die 1,8 Millionen Lehrer vertritt – hält von erhöhten Anforderungen an ihre Mitglieder wenig. Erziehungsminister Bennett nannte die Gewerkschaft »den aggressivsten Gegner jeder Erziehungsreform«. Dennoch haben inzwischen 44 Bundesstaaten für künftig einzustellende Lehrer Befähigungstests eingeführt. Ob sie gleichzeitig die Gehälter erhöhen werden, ist eine andere Frage. Die Ebbe in den öffentlichen Kassen stimmt nicht optimistisch. Auch der naheliegende Vorschlag, die Zahl der Unterrichtstage – gegenwärtig sind es nicht mehr als 180 – zu erhöhen, hat kaum Aussicht, verwirklicht zu werden.

Kein Wunder, daß sich so mancher Amerikaner im Laufe seines Berufslebens peinliche Wissenslücken eingestehen

muß. In den Buchhandlungen findet er eine umfangreiche Literatur, die mit dem Anspruch auftritt, den Leser im Schnellverfahren zu einem gebildeten Menschen zu machen. Die Vorstellung, was Hänschen nicht gelernt habe, lerne Hans nimmermehr, ist den Amerikanern fremd. Wer zum Beispiel die Musik liebt, aber »Pastorale« und »Pathétique« nicht auseinanderhalten kann, greift zuversichtlich zu Sigmund Spaeths »Great Symphonies – How to Recognize and Remember them« (1936). Hier findet er die Themen der bekanntesten Orchesterwerke mit Merkversen unterlegt. Schon nach wenigen Minuten ist die Sache klar: Die Fünfte von Beethoven ist die Sinfonie, die mit den Worten beginnt: »I am your fate, / come, let me in.«
Unter den Neuerscheinungen der letzten Jahre trägt eine den bezeichnenden Untertitel: »Alles, was du über Kunst, Musik, Theater, Tanz und ähnliches Zeug wirklich wissen mußt«. Das Wichtigste ist, erklärt der Verfasser im Vorwort, keinen Fauxpas (»foe-pa«) zu begehen. Nach der Lektüre der 250 Seiten, verspricht er, sei man gewappnet, »sich in jeder Gesellschaft zu behaupten«. Für die intelligente Konversation gelte die gleiche goldene Regel wie für Filmschauspieler: »Du mußt deinen Text können und aufpassen, daß du nicht gegen die Möbel stößt.« Im Kapitel Literatur wird als einziger deutscher Dichter Bert Brecht erwähnt. Gleich mitgeliefert wird das im Tischgespräch abzugebende Urteil: »Brecht ist ein zäher Brocken, schwerfällig und lehrhaft.« Genießbar sei von ihm nur ein »Musical« – »Die Dreigroschenoper«. Auch von den deutschen Malern wird nur ein einziger genannt: Paul Klee. Bei der Musik kommen wir etwas besser weg. Über Politik und Geschichte fällt kein Wort; dafür gibt es je ein Kapitel über Antiquitäten, Fernsehen und Tischmanieren.
Auch Leute, die nicht lesen können oder die keine Zeit zum Lesen haben, die aber trotzdem wissen wollen, was in den »großen Büchern« steht, brauchen nicht zu verzweifeln. 1987 kam das Tonband »Ten Classics in Ten Minutes« her-

aus. John Moschitta, »der schnellste Vorleser der Welt«, stellt auf diesem Tonband in je zehn Minuten die Odyssee, »Oliver Twist«, »Vom Winde verweht« und sieben weitere Werke der Weltliteratur vor.

Als König Ptolemäus von Ägypten über die Beschwerlichkeit des Lernens klagte, gab ihm sein Lehrer Euklid trocken zur Antwort: »In der Mathematik gibt es keinen Eingang für Herrschaften.« Die Amerikaner sind davon überzeugt, den Eingang für Herrschaften gefunden zu haben. Hier können sogar Analphabeten über die Literatur mitreden.

Der Traum von der ewigen Jugend

In seinen zwanzig Romanen hat Henry James häufig Amerikaner geschildert, die den umgekehrten Weg gehen wie Christoph Kolumbus: Hatte Kolumbus Amerika entdeckt, so entdecken sie Europa. Natürlich beschrieb der Wahl-Europäer James damit auch seinen eigenen Fall. Christopher Newman – schon der Name ist bezeichnend –, der Titelheld des Romans »The American«, reist nach Paris, um »das Beste« einer ihm fremden Welt kennenzulernen und vielleicht auch eine französische Frau heimzuführen. Tatsächlich gelingt es ihm, beim Hochadel Eingang zu finden. Claire de Cintré, die jung verwitwete Tochter des Fürstenhauses Bellegarde, erwidert seine Neigung. Aber bald stellt sich heraus, daß eine Ehe nicht möglich ist. Zu verschieden ist das Milieu, dem beide entstammen: Hier der naive, gutmütige, unbefangene Amerikaner; dort die in überkommenen Formen erstarrte Pariser Gesellschaft. Claire geht ins Kloster; Christopher, um manche Erfahrung reicher, verläßt Frankreich.

Gewiß, es handelt sich um einen Roman. James überzeichnet bewußt den Unterschied zwischen dem Lebensgefühl der alten und der neuen Welt. Daß es diesen Unterschied gibt – davon war er freilich überzeugt. Mit Recht: Mag ein Franzose die Formlosigkeit der Amerikaner am stärksten empfinden, ein Engländer die Verballhornung seiner Sprache, so fällt einem Deutschen vor allem der fröhliche Optimismus auf, der in Amerika zum guten Ton gehört. Tatsächlich könnte der Kontrast zu der säuerlichen Verdrossenheit, die bei uns als angemessener Ausdruck von Sachverstand gilt, kaum größer sein. »Have a nice day«, »enjoy your meal« – mit freundlichen Floskeln dieser Art geizen die Amerikaner nicht. Selbst nach einem verregneten Sonntag oder nach dem Besuch eines öden Musicals versichern sie, »a great time« gehabt zu haben. Fremd ist ihnen auch die deutsche Neigung, den Weltuntergang als unmittelbar bevorstehendes Ereignis anzusehen. Umweltschäden, Aids, die Gefahren der Kernkraft – der Ernst dieser Probleme wird in Amerika keineswegs verkannt; doch läßt man sich dadurch seine Lebensfreude nicht vergällen.

Wer am Wochenende auf eine größere Menschenansammlung stößt, kann sicher sein, daß hier niemand gegen eine neue Startbahn protestiert oder gegen eine Wiederaufbereitungsanlage – es handelt sich um ein Straßenfest oder um eine Parade. Von beiden können die Amerikaner nicht genug bekommen. In New York beginnt der Reigen am 17. März mit der St. Patrick's Parade, wo es grünes Bier zu trinken gibt und die Iren noch tiefer ins Glas blicken, als sie dies ohne frommen Anlaß zu tun pflegen. Mit Macy's *Thanksgiving*-Parade am letzten Donnerstag im November geht das Jahr der Fahnenschwinger und Blaskapellen zu Ende. Dazwischen liegen San Gennaro, der Nationalfeiertag von *Little Italy*, die Steuben-Parade der Deutschen und Dutzende von ähnlichen Veranstaltungen, die den Straßenverkehr mit schöner Regelmäßigkeit zum Erliegen bringen. Niemand würde auf den Gedanken kommen, sich darüber aufzuregen. Von seinen Mitschülern zum *cheerleader*, also zum Zeremonienmeister bei Schulfesten, gewählt zu werden, ist eine höhere Ehre als das beste Examen. Sogar die Versammlungen, auf denen die beiden großen Parteien ihre Präsidentschaftskandidaten küren, haben mehr Ähnlichkeit mit einer rheinischen Narrensitzung als mit dem ernsten politischen Geschäft, um das es geht.

»Gott liebt diejenigen, die andere zum Lachen bringen« – diese Überzeugung teilt Billy Graham mit der überwältigenden Mehrheit seiner Landsleute. Keine Theater-, keine Kino-Reklame ist wirkungsvoller als das Zauberwort »exhilarating« (zwerchfellerschütternd). Eine der wichtigsten Maßeinheiten im Showgeschäft heißt LPM *(laughters per minute)*: Eine gute Broadway-Komödie bringt es auf 2 LPM; die Spitzenwerte liegen zwischen 4 und 5 LPM. Pointenschwache Stücke werden durch Spezialisten aufgemöbelt, indem sie *punch-lines* über den Text streuen wie Salz über ein Frühstücksei. Beim Film sorgt ein *gagman* dafür, daß der Humor nicht zu kurz kommt. Das Fernsehen macht sich die Sache meist einfacher: Entweder wird dem Publikum im Studio durch Leuchtzeichen bedeutet, wann es etwas zu lachen gibt, oder man greift auf Tonband-Konserven *(canned laughter)* zurück. Einige Shows zehren noch heute von Heiterkeitsausbrüchen, deren Urheber seit zwanzig Jahren der Rasen deckt.

Was folgt aus alledem? Sind die Amerikaner oberflächlicher als die Europäer? Fehlt Ihnen »die Dimension des Tragischen«? Weigern sie sich, erwachsen zu werden? Soviel steht fest: Wenn amerikanische Verleger oder Filmproduzenten ein möglichst großes Publikum erreichen wollen, dann fassen sie als Zielgruppe die Kinder ins Auge. Schon Irving Thalberg, in den zwanziger und dreißiger Jahren Produktionschef von Metro-Goldwyn-Mayer, zog sich zu Beginn der Dreharbeiten jedesmal in sein verdunkeltes Büro zurück, um sich in die Mentalität eines Dreizehnjährigen einzufühlen: In ihr sah er den Maßstab für die geistige Aufnahmefähigkeit des amerikanischen Publikums. Noch heute sind die größten Kassenschlager Hollywoods – die Liste wird angeführt von »E. T.«, »Star Wars« und »The Return of the Jedi« – ausnahmslos Kinderfilme.

Wie ernst auch Erwachsene die absurden intergalaktischen Vorgänge nehmen, von denen diese Filme handeln, das zeigte sich am 30. Oktober 1938, als der junge Regisseur Orson Welles mit dem Hörspiel »The War of the Worlds« das ganze Land in Panik versetzte. Ein Drittel der sechs

Millionen Amerikaner, die die Sendung hörten, war davon überzeugt, in New Jersey seien tatsächlich Wesen aus dem Weltraum gelandet. »Über Polizeibehörden, Zeitungsredaktionen und Rundfunksender«, lesen wir in einem zeitgenössischen Bericht, »brach eine Flut angsterfüllter Anrufe herein. Mütter drückten schluchzend ihre Kleinen zum letztenmal an die Brust, überzeugt davon, jede Minute werde sie ein grauenvoller Tod von den schleimigen Händen der Unholde ereilen. Ganze Viertel waren wie ausgestorben. Autos rasten durch die Nacht, um dem Feuertod durch die Flammenwerfer der Roboter zu entrinnen. Viele Familien fanden sich zu einem verzweifelten Gebet zusammen...«

Das gleiche Phänomen beobachten wir bei den *Comics*. Der Vater dieser spezifischen Form der Bildgeschichte war bekanntlich Wilhelm Busch. Max und Moritz oder die fromme Helene sind jedem Deutschen vertraut. Aber mit dem Nimbus, der die *Mickey Mouse* umgibt, können sie es ebensowenig aufnehmen wie das Haus der Witwe Bolte in Ebergötzen mit *Disneyland* und *Disney World* – zwei riesigen Vergnügungsparks, die Jahr für Jahr von unzähligen Besuchern, hauptsächlich Erwachsenen, überschwemmt werden. Auch *Superman*, der soeben unter dem Beifall der Medien fünfzig wurde, ist ein Held, der keineswegs nur Kinder begeistert: Millionen von schwächlichen, erfolglosen Clark Kents träumen sich mit seiner Hilfe in eine Doppelexistenz hinein, die ihnen über die Tücken des Alltags hinweghilft. Daß 1987 die Feiern zum zweihundertsten Geburtstag der Verfassung in der *Disney World* begannen, wurde von niemandem als Sakrileg oder Verstoß gegen den guten Geschmack empfunden: Das gemeinsame Auftreten von Oberrichter Warren Burger und der *Mickey Mouse* schien die natürlichste Sache der Welt.

»The American« beginnt damit, daß Christopher Newman im Louvre eine junge Dame bewundert, die ein Gemälde kopiert: Die Kopie gefällt ihm viel besser als das Original. Umberto Eco hat behauptet, zwischen Los Angeles und San

Francisco sieben Versionen von Leonardos »Abendmahl« besichtigt zu haben – jede einzelne selbstverständlich weitaus besser erhalten als das fleckige Wandbild im Refektorium von Santa Maria delle Grazie. Wer in Beverly Hills, dem Millionärsviertel von Los Angeles, spazierengeht, kann – vorausgesetzt, er wird wegen seines ungewöhnlichen Tuns nicht sofort von der Polizei verhaftet – sämtliche Baustile aus Europas großer Vergangenheit studieren: Von Tudor bis Palladio ist alles vertreten. Schon Tocqueville fiel die Vorliebe der Amerikaner für Imitationen auf: »Als ich zum ersten Mal durch jenen Teil des Atlantischen Ozeans, den man den East River nennt, in New York ankam, bemerkte ich überrascht in einiger Entfernung von der Stadt am Ufer eine Anzahl kleiner Marmorpaläste, von denen mehrere eine antike Bauart aufwiesen. Als ich am andern Tag den, der meine Blicke besonders angezogen hatte, näher betrachten ging, stellte ich fest, daß seine Mauern aus weißen Backsteinen und seine Säulen aus bemaltem Holz bestanden.«

Der besitzergreifende Umgang mit den Zeugnissen der Vergangenheit ist nun freilich nichts Neues. Auch die römischen Emporkömmlinge beeilten sich, die Architektur der Griechen, die sie soeben unterworfen hatten, zu kopieren. Eines konnten die Römer aber noch nicht: Kunst serienmäßig herstellen. In der Übertragung industrieller Produktionsformen auf Kunst und Musik sehen manche den wichtigsten Beitrag – positiv oder negativ – Amerikas zur Kulturgeschichte. In der Tat ist es wohl kaum ein Zufall, daß die Begriffe *pop art* und *pop music* und das, was sie verkörpern, von Amerika aus ihren Siegeszug um die Welt antraten. Wer will, mag hierin die Demokratisierung eines Kunstbegriffs sehen, dessen Definition früher einer kleinen Elite vorbehalten war. Daß sich Andy Warhol, der erfolgreichste Künstler unserer Zeit, ungeniert zur Serienfertigung bekannte und sein Atelier als Fabrik – »The Factory« – bezeichnete, liegt ganz auf dieser Linie.

Die Folgen der Demokratisierung waren einschneidend: Wo

bis zum 18. Jahrhundert Kirchenfürsten und Aristokraten Maßstäbe setzten und im 19. Jahrhundert eine reichgewordene Bourgeoisie, diktiert heute der Markt den Geschmack. Nicht auf das versprengte Häuflein derer kommt es an, die man in Amerika *sophisticated* nennt, sondern auf das Glück der größten Zahl, das sich – wie die Erfahrung lehrt – nur dann einstellt, wenn man auf allzu hohe Ansprüche verzichtet. Vor Liberace, der im roten oder blauen Nerz das Geplätscher eines Springbrunnens auf seinem Plexiglas-Flügel begleitete, mußten auch die wortmächtigsten Kritiker die Waffen strecken. Noch wenige Monate vor seinem Tod füllte der Siebenundsechzigjährige die New Yorker *Radio City Music Hall* mit ihren 6000 Plätzen zwanzigmal hintereinander – eine Leistung, neben der sogar die Zuschauerrekorde eines Michael Jackson oder Bruce Springsteen verblassen. Daß Liberace genau erkannt hatte, wie man in Amerika Karriere macht, zeigt die höhnische Bemerkung, mit der er seinen ersten Verriß quittierte: »Auf dem Weg zur Bank hab ich die ganze Zeit geheult.«

Nun wäre es gewiß ungerecht, schlechten Geschmack nur in Amerika zu suchen. Ein Volk, dessen Minister ihre Blumenbeete mit Gartenzwergen schmücken, sollte mit dem Urteil über andere vorsichtig sein. Dennoch kann man sich des Eindrucks nicht erwehren, daß der Kitsch in Amerika besonders üppig gedeiht.

Der Andenken-Kult, den Memphis mit seinem berühmtesten Sohn – Elvis Presley – treibt, stellt sogar die Exzesse von Lourdes in den Schatten: Bierhumpen, Spieluhren, Haarwasser und Hundefutter (»Love Me Tender Chunks«) werden in einem regelrechten Dorf von Souvenir-Läden feilgeboten. Jahr für Jahr kommen neue Bücher auf den Markt. Sie haben Titel wie »Ich nannte ihn Babe – Elvis Presleys Hebamme erinnert sich« oder »Elvis lebt – Ungewöhnliche Ereignisse nach dem Tode eines Superstars«. Anläßlich seines zehnten Todestages strömte eine halbe Million Fans nach Memphis. Weder fehlte ein Karate-Tournier (»Elvis

Presley Memorial Karate Tournament«) noch ein Wettbewerb um den schönsten Fensterschmuck (»Elvis Window Decorating Contest«). Den Höhepunkt der Gedenkfeiern bildete ein Fackelzug in der Todesnacht mit anschließender Grabwache im »Meditation Garden«.

Als Johannes Paul II. im Herbst 1987 Amerika besuchte, konnten die Gläubigen zwischen T-Shirts mit dem Bild des Papstes und der Aufschrift »The Original Vatican Animal« (»Das Original-Vatikan-Tier«), Mitren aus Pappe, dem Petrusring aus vergoldetem Kunststoff nebst Lippen, die ihn küssen, und einem Rasensprenger wählen, der mit dem Werbespruch »Let Us Spray!« angepriesen wurde: Das Wasser spritzte aus den ausgestreckten Händen eines Sperrholz-Papstes (Preis: 55 Dollar).

Ähnlich hohe Anforderungen an den Geschmack stellt die amerikanische Gastronomie. Weder mit dem Bourbon-Whiskey noch mit seinen vorzüglichen kalifornischen Weinen hat Amerika die Weltmärkte erobert, sondern mit einer alkoholfreien Limonade: Coca-Cola. Als es die Hersteller 1985 wagten, das Aroma leicht zu verändern, sahen sie sich einer nationalen Protestwelle ausgesetzt, vor der sie nach kurzem Widerstand kapitulierten. Die Rückkehr zum traditionellen Geschmack wurde in den Abendnachrichten der drei großen Fernsehanstalten wie ein gewonnener Krieg gefeiert. Die »Denver Post« erschien mit der Schlagzeile: »The Real Thing Is Back« (»Die Richtige ist wieder da.«).

Zur internationalen Speisekarte hat Amerika vor allem zwei Gerichte beigesteuert: den *hot dog* und den *hamburger*. Wie innig sie mit dem *American way of life* verbunden sind, beweist der Umstand, daß sie sogar Eingang in die Kunst gefunden haben: Claes Oldenburg, Andy Warhol, Robert Rauschenberg und andere haben sie als Gemälde oder Skulptur verewigt. Von H. C. Westerman stammt ein Kruzifix mit dem Titel »White for Purity« (»Weiß für Reinheit«); die Stelle des Gekreuzigten nehmen vier weiße Coca-Cola-Flaschen ein.

Auch die Welt der Töne wurde um eine neue Spezies bereichert: 60 Millionen Amerikaner hören tagtäglich nicht Musik, sondern *Muzak*. Gemeint ist damit jenes Hintergrundgeräusch, das in Aufzügen, Supermärkten und Großraumbüros die Kauf- und Arbeitslust stimulieren soll. »Die Leute sollen etwas hören«, erklärte einer der Verantwortlichen, »aber sie sollen nicht zuhören.« Dieses Geschäftsprinzip steht unausgesprochen über der gesamten amerikanischen Unterhaltungsindustrie, ob es sich nun um Film, Theater, Fernsehen oder Musik handelt. Nicht auf intellektuelle Mitarbeit kommt es an, sondern auf raschen Konsum. Daß das Produkt nicht ins Bewußtsein eindringt, sondern an der Oberfläche abgleitet, ist sehr oft Voraussetzung seines Erfolges. In Angleichung an den Ausdruck *junk food* könnte man von *junk music*, *junk shows* und *junk movies* sprechen: Es sind Wegwerf-Produkte, die serienmäßig hergestellt, vermarktet und sogleich wieder vergessen werden.

So niedrig das geistige Niveau ist, auf dem es sich der Durchschnittsamerikaner wohl sein läßt, so hoch sind seine Ansprüche an Gesundheit und körperliche Fitneß. Kein Volk ist von seiner äußeren Erscheinung so besessen; nirgendwo sonst gibt es soviele Jogger, Bodybuilder, *health clubs* und *diet farms*. Wo die eigene Anstrengung nicht hilft, sucht man Hilfe beim Chirurgen: 1986 unterzogen sich 500000 Amerikaner einer Schönheitsoperation. In der antiken Mythologie war die ewige Jugend ein Vorrecht der Götter. In Amerika ist sie eine Sache des Geldbeutels: »Das Gesicht, das du mit vierzig hast«, lautet die Parole, »ist das Gesicht, das du dir leisten kannst.«

Hinter diesem Traum von der ewigen Jugend steckt natürlich nichts anderes als die Angst vor dem Tode. In seinem Buch »Growing Old in America« (1977) hat David Hackett Fischer die krampfhaften Versuche beschrieben, mit denen man das Alter vor sich und anderen zu verdrängen sucht: »In Boston beobachtete der Historiker eine Matrone weit jenseits der Fünfzig, die vielleicht im alten Rom eine elegante Palla getragen hätte. Hier trug sie einen Minirock und Lederstiefel. Er sah einen Mann in den Sechzigern, den man sich gut in einer würdevollen Toga vorstellen konnte. Er trug »Hiphugger«-Jeans und ein knalliges T-Shirt. Am erstaunlichsten waren die College-Professoren. Sie hatten ihre Harris-Tweeds in den Schrank gehängt und machten sich jeden jugendlichen Fimmel mit einem Enthusiasmus zu eigen, der in umgekehrtem Verhältnis zu ihren Jahren stand. In einer Saison waren es Nehru-Jacken, in der nächsten Dashikis, dann wieder Eisenbahner-Kittel. Jede Wendung der Teenager-Mode revolutionierte ihre Garderobe. Nur eines änderte sich nicht: Alt war *out*, und jung war *in*.«

Nicht einmal vor den Toten macht die Schönheitspflege halt. Es ist der Stolz der *morticians*, die ihnen anvertrauten Leichen so herauszuputzen, daß manchmal ihre nächsten Verwandten Mühe haben, sie wiederzuerkennen. In einer unvergeßlichen Szene seines Romans »Look Homeward, Angel« hat Thomas Wolfe das Entsetzen beschrieben, mit dem sein *alter ego* Eugene den toten Bruder Ben betrachtet: Er hat mehr Ähnlichkeit mit einer Schneiderpuppe als mit einem Wesen, das wenige Tage zuvor noch am Leben war.

Die Rolle, die der Sport für das Selbstwertgefühl der Amerikaner spielt, ist kaum zu überschätzen. An Schulen, an Universitäten, im Radio, im Fernsehen – er ist allgegenwärtig. Nicht von ungefähr hat man das Gemeinschaftserlebnis, das er bietet, mit einem Gottesdienst verglichen. Seitdem die Verkündigung des Evangeliums zum Zuschauersport heruntergekommen sei, schreibt Robert Lipsyte in »Sports World: An American Dreamland«, seien die athletischen Wettbewerbe »die einzigen Ereignisse, die den Amerikanern noch heilig sind«. Am Vorabend des *Super Bowl* von 1984, dem Endspiel um die *Football*-Meisterschaft, fand in der Kathedrale von Washington eine Messe statt, in der die Gemeinde für den Sieg der lokalen Mannschaft – der *Redskins* – betete. In seiner Predigt verglich der Geistliche John

Riggins, den unüberwindlichen Verteidiger der *Redskins*, mit Jesus.

Wer die »National Baseball Hall of Fame« in Cooperstown (New York) besucht oder die »Professional Football Hall of Fame« in Canton (Ohio), spürt sofort, daß es sich nicht um gewöhnliche Museen handelt, sondern um Schreine. Die ausgestellten Stücke, die an »Babe« Ruth, Lou Gehrig, Knute Rockne und die übrigen Helden der Vergangenheit erinnern, werden mit der gleichen Andacht besichtigt, mit der sich ein Pilger der Aachener »Heiligtumsfahrt« den Windeln Jesu nähert: Es handelt sich nicht um profane Andenken, sondern um *relics* – Reliquien.

Football hat sich aus dem englischen Rugby entwickelt. Es waren die Universitäten der *Ivy League*, die den brutalen Sport in Amerika heimisch machten. Früher war die Gewalttätigkeit noch weitaus schlimmer: Daß während einer Spielzeit zehn bis zwanzig Studenten ums Leben kamen, war um die Jahrhundertwende keine Seltenheit. Gleichgeblieben ist dagegen das intellektuelle Niveau: »Ein Stürmer«, so lautet noch heute die Faustregel, »muß kräftig und dumm sein. Ein Verteidiger braucht bloß dumm zu sein.« Da das erfolgreiche Abschneiden der eigenen Mannschaft vor allem den Geldgebern der Universitäten am Herzen liegt, wird über die mangelnde akademische Qualifikation eines guten Spielers großzügig hinweggesehen. Bei besonderen Leistungen kann er sogar mit einem »A« (»sehr gut«) für einen Kurs rechnen, den er nicht einmal belegt hat. Im Jahre 1982 stand Billy Don Jackson, ein *Football*-As der *University of California*, vor Gericht: Er hatte einen Drogenhändler im Streit erstochen. Jackson wurde zu einer relativ milden Gefängnisstrafe verurteilt, aber mit der Auflage, »seine Schreib- und Lesefähigkeit zu verbessern, damit er auf diesem Gebiet nie wieder in Verlegenheit kommt«.

Baseball ist dagegen ein amerikanisches Eigengewächs. Für Ausländer nahezu unverständlich, hält es im Herzen der Amerikaner jenen Platz besetzt, den in den meisten andern

Ländern der Fußball einnimmt. Boshafte Zungen haben behauptet, die Regeln seien deshalb so kompliziert, um fremde Völker am Erlernen des Spiels zu hindern. Wenn das die Absicht war, so hat sie bisher ihr Ziel erreicht. Bei den sogenannten »World Series« sind die Amerikaner unter sich. Aber die Zeit bleibt nicht stehen. In Japan findet der Sport immer mehr Anhänger. Manche Beobachter fragen sich besorgt, wann *Baseball* dem Beispiel der Mikroelektronik folgen wird und die Amerikaner ihre Hegemonie an die Japaner abtreten müssen.

In den letzten Jahrzehnten hat sich der Sport zu einem Riesengeschäft entwickelt. Schuld daran ist das Fernsehen. Avery Brundage, 1952 bis 1972 Präsident des Internationalen Olympischen Komitees, zweifelte zunächst daran, daß das Fernsehen bereit sein könnte, für die Übertragung der Olympischen Spiele zu zahlen. Er ließ sich sehr rasch eines Besseren belehren. 1982 schloß die *National Football League* mit den drei großen Medienkonzernen einen Fünfjahresvertrag: Für das Sendemonopol zahlten CBS, NBC und ABC 2,1 Milliarden Dollar. Trotz dieser astronomischen Summe war der Vertrag für die Anstalten ein gutes Geschäft: Da die wöchentlichen *Football*-Programme von 30 bis 50 Millionen Menschen gesehen werden, der *Super Bowl* sogar von 120 Millionen, kassieren sie für ihre Werbezeit entsprechend gepfefferte Preise. Anders als in Deutschland sind Unternehmen, die ihre Produkte bei sportlichen Veranstaltungen bekanntmachen wollen, nicht auf Schleichwerbung angewiesen: In regelmäßigen Abständen unterbricht der Schiedsrichter das Spiel, um den *sponsors* das Wort zu erteilen. Beim *Super Bowl* kostet die Werbeminute inzwischen eine Million Dollar.

Verkauft werden aber nicht nur Werbeminuten, sondern auch ganze Mannschaften. 1986 wechselten die New Yorker *Mets* für 85 Millionen Dollar den Eigentümer, will sagen: den Inhaber der Fernsehrechte. Nicht selten ist ein solcher Eigentumsübergang mit einem Ortswechsel verbunden: Noch heute trauert Brooklyn über den Weggang der *Dodgers* nach Los Angeles. Der Wegzug der *Senators* aus Washington erregte 1971 Kapitol und Weißes Haus mehr als die Reise Henry Kissingers nach Peking. Präsident Nixon drohte, dem fahnenflüchtigen Team seine Gefolgschaft aufzukündigen. Es half nichts: Die *Senators* setzten sich nach Dallas ab und heißen heute *Texas Rangers*. Häufig hat die Drohung mit einem Umzug nur taktische Gründe: Sie wird als Druckmittel benutzt, um die Instandsetzung des Stadions oder den Bau eines neuen aus öffentlichen Mitteln zu erzwingen – ein für amerikanische Verhältnisse eigentlich ganz systemwidriges Verlangen. Dennoch führt die Drohung in der Regel zum gewünschten Erfolg.

Daß der Traum von der ewigen Jugend mitunter gefährliche Folgen hat, zeigte im Juli 1987 der Tod des amerikanischen Handelsministers Malcolm Baldrige: Der Vierundsechzigjährige hatte an einem Rodeo teilgenommen. Das ungesattelte Pferd warf ihn ab und fiel auf ihn. Baldrige erlag seinen inneren Verletzungen.

Die Welt als Vorstellung

Im Jahre 1942 wurde die sechsundzwanzigjährige Toni Jo Henry wegen Mordes zum Tode verurteilt. Wenige Tage vor ihrer Hinrichtung befragte die »New York Post« sie nach ihren letzten Gedanken. »Ich mache mir Sorgen über *Abie's Irish Rose*«, erklärte sie. »Ich hab mir die Serie jeden Tag angehört. Aber jetzt ist Sommerpause, und im September, wenn es wieder losgeht, bin ich nicht mehr da.« »Abie's Irish Rose« war eine Seifenoper, die damals bei den Radio-Hörern großen Anklang fand. Der Produzent der Serie las den Artikel und schickte Toni Jo das Drehbuch für die Fortsetzungen bis zum nächsten Frühjahr. Sie starb in Frieden.

Was früher das Radio war, ist heute das Fernsehen. Das Fernsehen hat Amerika von Grund auf verändert. 98 Prozent aller Haushalte besitzen mindestens einen Apparat. Die durchschnittliche Sehzeit pro Woche liegt bei 30 Stunden und 20 Minuten; das ist doppelt soviel wie in der Bundesrepublik. In David Byrnes satirischem Film »True Stories« kommt eine »faule Frau« vor – eine Matrone, die ihr Bett nie verläßt, sondern das Leben auf dem Bildschirm verfolgt. Um die Hände für die Fernbedienung freizuhaben, läßt sie sich – ähnlich wie Charlie Chaplin in »Modern Times« – durch einen Automaten füttern.

Byrnes hat nur geringfügig übertrieben. Der kleine Ausschnitt aus dem Leben, den das Fernsehen bietet, ist in vieler Hinsicht wichtiger geworden als das Leben selbst. Das zeigt zum Beispiel auch folgender Vorfall: Am 22. Januar 1987 lud Budd Dwyer, der Schatzmeister des Staates Pennsylvania, die örtlichen Vertreter des Fernsehens zu einer Pressekonferenz in sein Büro. Im Dezember war Dwyer der Annahme von Schmiergeldern überführt worden. Nachdem er noch einmal seine Unschuld beteuert hatte, überreichte er einem Mitarbeiter sein Testament, zog aus einem Lederfutteral eine Pistole, bat die Anwesenden zurückzutreten und schoß sich – alles bei laufenden Kameras – in den Mund. »Don't do it, Budd!«, rief ein Reporter, aber da war es bereits zu spät. Am Abend konnte ganz Pennsylvania den Selbstmord auf dem Bildschirm miterleben.

Niemand findet etwas dabei, daß Dan Rather, der Star-Ansager von CBS, achtzehnmal soviel verdient wie Präsident Reagan. Daß »J. R.«, der rücksichtslose Sohn der Ewings in »Dallas«, bei den letzten Präsidentschaftswahlen in Oklahoma 600 Stimmen bekam, wurde zwar in den New Yorker Redaktionsstuben ausgiebig belacht; in Oklahoma selbst fand man die Sache überhaupt nicht komisch. Als am 21. März 1980 ein Unbekannter ein Attentat auf J. R. verübte, geriet Amerika völlig aus dem Häuschen. Ein halbes Jahr lang rätselte die Nation, wer der Täter gewesen sein könne. »Time« widmete dem Verbrechen eine Titel-Story. Als die Serie am 21. November wiederaufgenommen wurde, saß von zwei Amerikanern einer vor dem Bildschirm. Im alten Prozeßrecht galt der Grundsatz: *Quod non est in actis, non est in mundo* – was nicht in den Akten steht, gilt als nicht geschehen. Heute müßte man statt dessen sagen: *Quod non est in televisione, non est in mundo* – was nicht im Fernsehen vorkommt, existiert nicht.

Die Abendnachrichten des Fernsehens beginnen in der Regel mit einem *teaser* oder *tease bumper* – einer Kostprobe aus der effektvollsten Szene des Programms, die das Publikum daran hindern soll, zur Konkurrenz umzuschalten. Keine der drei großen Anstalten würde es wagen, ihren Zuschauern eine Nachrichtensendung ohne Mord, Großfeuer oder Flugzeugunglück vorzusetzen. Noch beliebter sind Kinderprostitution und Neuigkeiten aus der Unterwelt.

Nicht auf das Verständnis der politischen Hintergründe kommt es an, sondern auf Sensationen und – meist lokale – *human-interest stories*. Das Ergebnis ist ein willkürlich zusammengestoppeltes Mosaik aus wichtigen und trivialen Meldungen, wobei das Ausland nur ganz am Rande vorkommt. In seinem Bestseller »Amusing Ourselves to Death« (1985) hat Neil Postman die Amerikaner mit Recht das am besten unterhaltene und das am schlechtesten unterrichtete Volk genannt.

Die fatale Verbindung von *news* und *entertainment* ist allerdings nicht neu. Sie hat eine lange Vorgeschichte. Schon den *penny papers*, die in den dreißiger Jahren des neunzehnten Jahrhunderts aufkamen, war es nicht um relevante Nachrichten zu tun, sondern um Knüller, mit denen man die Konkurrenz übertrumpfen konnte. Wie heute um Einschaltquoten, wurde damals erbittert um die Höhe der Auflage gerungen. »Nicht belehren, sondern verblüffen« war die Devise, unter der James Gordon Bennett 1835 den New Yorker »Herald« startete. Bennett scheute sich nicht, die Wirtin eines Freudenhauses persönlich zu interviewen, als eines ihrer Mädchen unter mysteriösen Umständen erschlagen worden war. Sein Sohn, der Gründer der »International Herald Tribune«, schickte 1871 Henry Stanley nach Afrika mit dem Auftrag, den verschollenen David Livingston zu finden. Mit der Wahrheit nahmen es die *penny papers* nicht immer ganz genau. Sie folgten der Faustregel des Redakteurs Münzer in Erich Kästners »Fabian«: »Meldungen, deren Unwahrheit nicht oder erst nach Wochen festgestellt werden kann, sind wahr.«

H. L. Mencken, der seine Karriere 1899 als Lokalreporter des »Baltimore Morning Herald« begann, hat später beschrieben, wie damals so manche Nachricht zustandekam. Neben dem »Morning Herald« gab es in Baltimore noch zwei weitere Tageszeitungen – »The Evening Sun« und »The American«. Mencken fand sich daher bei seinen Streifzügen regelmäßig in der Gesellschaft zweier Kollegen wieder. Man freundete sich an, zechte gemeinsam und beklagte die schlecht entlohnten Strapazen des Gewerbes. Eines Tages – die drei stärkten sich gerade in einer Kneipe für die Nachforschungen über einen Mann, der durch den Tritt eines Maultiers zu Tode gekommen war – konnte der Älteste nicht mehr an sich halten: »Warum zum Teufel sollen wir uns den Arm auskugeln, um herauszukriegen, wer dieser verdammte Kerl gewesen ist? Wen kümmert es schon? Ich beantrage, den Verstorbenen Ignaz Karpinski zu nennen und seine Witwe Marie. Ignaz war 36 Jahre alt, er wohnte 1777 Fort Avenue und hinterläßt elf minderjährige Kinder.« Dem Antrag wurde stattgegeben, und alle drei Zeitungen berichteten mit ungewöhnlicher Präzision über den Todesfall. Auch später griffen die drei häufig auf das bewährte Verfahren zurück. »Jeder der drei Lokalredakteure verglich sein Blatt mit den beiden andern, nahm erfreut zur Kenntnis, daß Namen und Adressen übereinstimmten, und lobte seinen Reporter für die sorgfältigen Recherchen.«

Berühmt wurde der mit allen Mitteln ausgefochtene Konkurrenzkampf zwischen den beiden größten Tageszeitungen von New York – Joseph Pulitzers »World« und William Randolph Hearsts »Journal«. Pulitzer und Hearst sind als klassische Vertreter eines skrupellosen Sensationsjournalismus, der *yellow press*, in die Geschichte eingegangen. Gleichfalls um die Jahrhundertwende kam ein zweiter, sehr amerikanischer Typus des Journalisten auf – der *muckraker*. Ihm ging es nicht um halberfundene *sob-stories*, sondern um die Aufdeckung von Mißständen. Das Elend der Kinderarbeit, die Gewinnsucht der Trusts, die Korruption auf dem Kapitol, die haarsträubenden Zustände in den Schlachthöfen von Chicago – vor keinem noch so heißen Eisen schreckten die *muckrakers* – von *muck* (Schmutz) und *rake* (wühlen) – zurück. Wie die Watergate-Affäre gezeigt hat, sind sie keineswegs ausgestorben. Nur der Name hat sich geändert: Heute spricht man von *investigative journalism*.

Tocqueville bescheinigte der amerikanischen Presse »die gleichen niederreißenden Neigungen wie in Frankreich«, doch hielt er ihren politischen Einfluß für gering. Fünfzig Jahre später wäre er vermutlich zu einem anderen Urteil gekommen.

1898, noch bevor der Krieg gegen Spanien ausgebrochen war, schickte Hearst den Zeichner Frederic Remington auf das zu erwartende Schlachtfeld, nach Kuba. Als Remington mitteilte, alles sei ruhig, und seine Heimreise ankündigte, kabelte Hearst zurück: »Bitte dableiben. Sie liefern die Bilder, ich liefere den Krieg.« So geschah es denn auch. Als Spanien nach zehn Wochen kapitulierte, erschien Hearsts Zeitung mit der triumphierenden Schlagzeile: »How Do You Like The Journal's War?« (Wie finden Sie unseren Krieg?) Im April 1901 brachte das »Journal« einen Leitartikel mit dem Satz: »Wenn man schlechte Institutionen und schlechte Männer nur dadurch loswerden kann, daß man sie umbringt, dann müssen sie eben umgebracht werden.« Fünf Monate danach fiel Präsident McKinley einem Attentat zum Opfer.

Auch im Vietnam-Krieg spielte die Presse eine kapitale Rolle – diesmal im umgekehrten Sinne: Sie setzte schließlich durch, daß Präsident Nixon gestürzt wurde und daß der Kongreß die amerikanische Hilfe für Südvietnam einstellte. Mit welchen Mitteln dies geschah, illustrierte der Beleidigungsprozeß, den General Westmoreland – bis 1968 Kommandeur des nach Vietnam entsandten Expeditionskorps – gegen die Fernsehgesellschaft CBS anstrengte. CBS hatte behauptet, Westmoreland habe an der Spitze einer Offiziersverschwörung gestanden, die die militärische Stärke Nordvietnams bewußt herunterspielte, um in Washington den irrigen Eindruck hervorzurufen, der aussichtslose Krieg sei zu gewinnen. Zwar endete der Prozeß mit einem Vergleich. Doch wurde während der Beweisaufnahme deutlich, wie tendenziös CBS bei seinen Recherchen vorgegangen war: Den Interviewten waren durchweg Suggestivfragen gestellt worden; Antworten, die nicht in das Konzept der Sendung paßten, fielen unter den Schneidetisch. Während der Dreharbeiten belobigte der Produzent den Regisseur mit den Worten: »Jetzt müssen Sie nur noch Westmoreland fertigmachen, dann ist die Sache gelaufen.«

Aber nicht nur CBS, so gut wie die gesamte Ostküsten-Presse hat in ihrer Berichterstattung über Vietnam gegen die journalistische Redlichkeit schwer gesündigt. In den letzten Kriegsjahren wurde Hanoi nahezu einhellig als Kämpfer für eine gerechte Sache – die angeblich von allen Vietnamesen gewünschte Wiedervereinigung – hingestellt. Ohne die korrupte Militärclique in Saigon, so wurde dem Leser suggeriert, wäre dieser Lieblingswunsch längst in Erfüllung gegangen. Als nach dem Fall Saigons klar wurde, daß die Dinge doch ein wenig anders lagen, und Hunderttausende von *boat people* keinen Zweifel daran ließen, daß Amerika ein – jedenfalls für asiatische Begriffe – freies Volk einer brutalen Diktatur ausgeliefert hatte, wechselten die Vietnam-Experten rasch das Thema.

Nicht zu Unrecht hat man die Watergate-Affäre als »Medienputsch« bezeichnet. »Unter den amerikanischen Journalisten«, schrieb die britische Wochenzeitschrift »The Spectator«, »mangelt es nicht an selbstherrlichen Caudillos, die sich für den obersten Wächter der verfassungsmäßigen Ordnung halten – wie in Lateinamerika die Armee.« Der Versuch, die Iran-Contra-Affäre zu einem zweiten Watergate zu machen, schlug dagegen fehl: Zum einen schreckte der Kongreß davor zurück, innerhalb von zwölf Jahren zwei Präsidenten aus dem Amt zu jagen. Zum andern wurde er mit seinen eigenen Waffen besiegt: Bei den wochenlangen, vom Fernsehen übertragenen Anhörungen machten nicht die Inquisitoren die beste Figur, sondern der Hauptangeklagte Oliver North. Dem gutaussehenden Offizier, der den Erbsenzählern auf dem Kapitol trotzig die Stirn bot, flogen die Herzen der Amerikaner zu. Schon wenige Tage nach seinem Verhör konnte man überall T-Shirts mit der Aufschrift »We love Ollie« kaufen. Ja, selbst der Ruf »Ollie for President« war deutlich zu vernehmen.

Die Allgegenwart des Fernsehens hat dazu geführt, daß es bei Wahlen auf die Durchschlagskraft der politischen Argumente immer weniger ankommt. Was zählt, sind nicht die *issues* (Probleme), sondern das *image*. Ein Mann wie Abraham Lincoln, der auf den meisten Fotos grämlich dreinblickt, hätte in der »Mediokratie« von heute keine Chance. Richard Nixon zog bei den Präsidentschaftswahlen von 1960 gegen den kaum bekannten, noch dazu katholischen John F. Kennedy den kürzeren, weil in der entscheidenden Fernseh-Debatte ein falsches Make-up gewählt worden war, das ihn unrasiert erscheinen ließ. Politiker werden heute an den Mann gebracht wie Zigaretten oder Sportwagen. Der einzige Unterschied ist, daß Zigaretten und Sportwagen keine Dummheiten machen: »Ein Automobil«, schrieb Clem Whittaker, der 1933 *Campaigns Inc.*, die erste PR-Agentur für Wahlkandidaten, gründete, »ist ein toter Gegenstand. Es schweigt während des Verkaufsgesprächs, und wenn man Gas gibt, dann fährt es im allgemeinen los. Ein Kandidat dagegen fängt an zu argumentieren, und manchmal argumentiert er sich um seine Wahl. Was letztlich entscheidet, ist seine Fähigkeit oder Unfähigkeit, dem Image gerecht zu werden, das man für ihn aufgebaut hat.«

Die erste Präsidentschaftskampagne, die vom Fernsehen entschieden wurde, war die von 1952. Während der Kandidat der Demokraten, Adlai Stevenson, traditionelle Wahlreden hielt, brachten die Republikaner kurze, nichtssagende Werbespots, zum Beispiel:

Frage:	Was sagen Sie zu den hohen Lebenshaltungskosten?
Eisenhower:	Auch Mamie, meine Frau, macht sich deshalb Sorgen. Ich antworte ihr: Wir müssen das am 4. November ändern.

Wer die Wahl gewann, ist bekannt. 1956 engagierten die Demokraten die Werbeagentur Norman, Craig & Kummel, die sich durch eine brillante Kampagne für den Büstenhalter »Maidenform« empfohlen hatte. Es half nichts: Gegen Eisenhowers Präsidenten-Bonus kam selbst der Büstenhalter nicht an. Um so erfolgreicher war Nelson Rockefeller: Als er 1966 um seine Wiederwahl als Gouverneur des Staates New York bangte, kaufte er beim Fernsehen Sendezeit für 6000 Werbespots. Da er unpopulär war, entschied seine Agentur (die vorher »Alka-Seltzer« vermarktet hatte), ihn in keinem einzigen persönlich auftreten zu lassen. Das Rezept wirkte: Rockefeller wurde mit großem Vorsprung im Amt bestätigt. Wie wichtig es ist, daß ein Kandidat über ausreichende Mittel für die Fernsehwerbung verfügt, zeigte die Wahlkampagne von 1987/88: Wer hier nicht mithalten kann und auch nicht die Nerven besitzt, sich auf Jahre zu verschulden – Jimmy Carter ist noch immer dabei, seine Kredite von 1980 abzustottern –, der sollte sich das Weiße Haus aus dem Kopf schlagen.

Eines der nicht eben zahlreichen Produkte, mit denen Amerika den internationalen Markt weiter unangefochten beherrscht, ist der Film. Zwar ist Hollywood längst nicht mehr, was es einmal war, aber unter den Traumfabriken der Welt ist sie immer noch mit Abstand die größte. Noch im fernsten Negerkral kennt man Barbra Streisand und Jane Fonda, Robert Redford und Jack Nicholson. Seit den Tagen von Mae West und Rudolph Valentino haben die kalifornischen Superstars nichts von ihrem *sex appeal* verloren.

Daß ausgerechnet das materialistische Amerika, wo man sich auf seinen Wirklichkeitssinn und *common sense* so viel zugute hält, die Menschheit mit Tagträumen versorgt, versteht sich keineswegs von selbst. Wer hier nur Geschäftstüchtigkeit am Werk sieht und glaubt, der Film sei eine Ware wie jede andere, täuscht sich: Was für die Amerikaner höher steht, die Wirklichkeit oder die Phantasie, ist eine durchaus offene Frage. Wie soll man zum Beispiel erklären, daß bei der Hochzeit von Grace Kelly mehr amerikanische Reporter anwesend waren als bei der Landung in der

Normandie? In seinen Memoiren (»Timebends«, »Zeitkurven«) berichtet Arthur Miller, der Vorsitzende des berüchtigten »Ausschusses für unamerikanische Umtriebe«, Francis E. Walter habe ihm angeboten, er brauche nicht vor dem Ausschuß auszusagen, falls sich Frau Miller – einem größeren Kreis bekannt als Marilyn Monroe – mit Walter händeschüttelnd fotografieren lasse. Miller lehnte ab. Wäre es in einem andern Lande denkbar, daß man einen verlorenen Krieg auf der Leinwand nachträglich gewinnt – wie es Sylvester Stallone (»Rambo«) auf seinen Rachefeldzügen nach Vietnam vorgemacht hat?

Vor allem: Wäre es in einem andern Lande denkbar, daß ein Filmschauspieler zum Staatsoberhaupt und Regierungschef gewählt wird? Schon Gary Cooper war gedrängt worden, sich um die Präsidentschaft zu bewerben; seinen politischen Instinkt, sagte man ihm, habe er in »Mr. Deeds Goes to Town« hinreichend unter Beweis gestellt. Bei Abendessen im Weißen Haus gibt Ronald Reagan gern Fronterlebnisse zum besten. Eingeweihte wissen, daß es sich hierbei um die Soldaten-Rollen handelt, die er während des Zweiten Weltkriegs spielte; vom wirklichen Kampfgeschehen war er wegen seiner Kurzsichtigkeit dispensiert. Wie stark Reagans Ideenwelt von Hollywood geprägt ist, beweist nicht zuletzt sein Lieblingsprojekt SDI. Eine Wunderwaffe der gleichen Art finden wir bereits in »Murder in the Air«, einem 1940 gedrehten Film, in dem Ronald Reagan einen Geheimagenten darstellte, der feindliche Spione am Diebstahl des »Trägheitsprojektors« hindert – einer Apparatur, die Flugzeuge in der Luft anhalten und zerstören kann.

Das Fernsehen brachte das Kino in die Wohnzimmer. Da es in den USA – anders als in Europa – weder Gebühren noch öffentliche Subventionen gibt, müssen sich die Anstalten selbst finanzieren. Dies geschieht im Regelfall durch Werbeeinnahmen. In der Praxis sieht das so aus: Von den dreißigminütigen Abendnachrichten der drei großen Medienkonzerne CBS, NBC und ABC sind 22 Minuten Programm und 8 Minuten Werbung. Da die *sponsors* scharf auf die Einschaltquoten sehen, ist die Zuschauergunst mehr als nur eine Frage des professionellen Stolzes. Anspruchsvolle Sendungen, die lediglich an den Geschmack einer Minderheit appellieren – Oper, Konzerte, Ballett, klassisches Theater –, haben es deshalb schwer. Was vorherrscht, sind populäre Programme wie Krimis, Sport, Ratesendungen und Possen *(sitcoms)* von der Art des Komödienstadels und Ohnsorgtheaters.

Besonders beliebt sind die Seifenopern, *soap operas* – so genannt, weil sie in den dreißiger Jahren hauptsächlich von der Kosmetik- und Waschmittel-Industrie finanziert wurden. Damals handelte es sich noch um Hörspiele. Von 1946 an bemächtigte sich das Fernsehen der Marathon-Melodramen. Einige der frühesten haben sich bis heute im Programm gehalten: »Search for Tomorrow« seit 1951, »The Guiding Light« seit 1952 (rechnet man die Hörfunk-Version hinzu, sogar seit 1937). Bis 1978 spielten sich die *soaps* ausschließlich um die Mittagszeit ab; das Publikum dieser unaufwendig inszenierten *day-time dramas* waren in erster Linie bügelnde und kochende Hausfrauen. Es war »Dallas«, das die Familienkonflikte erstmals in die Abendstunden verlegte – statt fünfmal zwar nur einmal in der Woche, dafür aber in unvergleichlich opulenterem Rahmen. Drei Jahre später bekamen die Ewings Konkurrenz: Blake Carrington, die edle Krystle und die rachsüchtige Alexis – mit einem Wort: *»Dynasty«* (deutsch: »Der Denver-Clan«) bewies, daß es nicht nur in Texas, sondern auch in Colorado Neureiche gibt, die vor keiner Schandtat zurückschrecken.

Heute kann der amerikanische Fernseh-Konsument unter dreizehn *day-time dramas* und vier *prime-time dramas* wählen: Außer »Dallas« und »Dynasty« gibt es noch »Falcon Crest« und »Knots Landing«. Mit den Abendserien »Flamingo Road«, »Berrenger's« und »The Colbys« erlitten die Anstalten dagegen Schiffbruch und stellten sie nach kurzer Zeit wieder ein. Im amerikanischen Showgeschäft geht es ruppig zu: Was nicht sofort einschlägt, wird ohne viel Federlesens aus dem Verkehr gezogen.

Wie ist der überwältigende Erfolg der Seifenopern zu erklären? »Sie bieten«, schreibt die Soziologin Ruth Rosen, »eine Ersatzfamilie, ein dauerhaftes Netz von Freunden und Nachbarn. Seifenopern werden nicht einfach angesehen; man lebt mit ihnen. Tag für Tag breiten die Figuren ihre Probleme aus, ohne vom Zuschauer zu verlangen, daß er zu ihrer Lösung beiträgt. Er wird Zeuge von Liebesaffären, Freundschaften und Intrigen, die nahe scheinen und die sich doch in sicherer Entfernung abspielen.« Mit anderen Worten: Die Seifenopern sind die Antwort des Fernsehens auf den Verfall der Familie, die Scheu vor dauernden Bindungen und die Einsamkeit, die das Merkmal der großen Städte ist. Zugleich lassen sie die Öde des Alltags vergessen. »Das Leben ist hart«, sagt Esther Shapiro, die gemeinsam mit ihrem Mann Richard »Dynasty« produziert. »Die Leute sind mit Partnern verheiratet, die sie nicht ausstehen können. Sie haben mißratene Kinder. Ihre Arbeit hängt ihnen zum Halse heraus. Wenn sie abends nach Hause kommen, dann brauchen sie eine Katharsis. Wir liefern sie ihnen.«

Wie sich diese Katharsis im einzelnen vollzieht, ist unter den Psychologen umstritten. Manche deuten die Begeisterung für »Dallas« und »Dynasty« als republikanisches Gegenstück zu dem entrückten Zustand, der Engländer beim Anblick von Prinz Charles und »Lady Di« befällt. Andere vermuten sie in nackter Schadenfreude: Man sieht eben, daß es auch reichen Leuten dreckig geht. Wie dem auch sei: Daran, daß viele Amerikaner über die dramatischen Wechselfälle bei den Ewings und Carringtons besser unterrichtet sind als über ihre eigene Familie, ist nicht zu deuteln. Als die Eheschließung von Luke und Laura, dem Liebespaar in der Seifenoper »General Hospital«, auf sich warten ließ, wurde ABC mit wütenden Leserbriefen überschüttet. Die Liaison hatte im Oktober 1979 damit begonnen, daß Luke Laura vergewaltigte. Wo immer sich der Darsteller des

Wüstlings, Anthony Geary, danach in der Öffentlichkeit zeigte, wurde er von weiblichen Teenagern verfolgt, die mit dem Schrei: »Rape me! Rape me!« für sich das gleiche begehrten. Nachdem Luke und Laura im September 1981 auf der Titelseite von »Newsweek« erschienen waren, kam es am 16. November endlich zur Hochzeit (mit Elizabeth Taylor als Ehrengast): Das Ereignis wurde von 43 Prozent aller Amerikaner auf dem Bildschirm verfolgt.

Wie leicht die Grenze zwischen Schein und Sein verschwimmt, dafür gibt es unzählige Beispiele: Eileen Fulton, die in der Seifenoper »As the World Turns« sechzehn Jahre lang den Weibsteufel spielte, wurde nach einem besonders abgefeimten Coup beim Einkaufen in einem New Yorker Warenhaus vom Publikum erkannt und niedergeschlagen. Als Julie (in »Days of Our Lives«) schwanger wurde und eine Abtreibung erwog, erhielt ihre Darstellerin, Susan Hayes, Drohbriefe. Gastgeber laden zu »D & D parties« ein – *Dinner with Dynasty*, wobei jeder der Gäste in Kleidung und Haartracht seiner Lieblingsfigur nacheifert.

Neil Postman hat das Zeitalter des Buchdrucks für beendet erklärt und unsere Epoche *the Age of Television* genannt. Auch andere Kulturkritiker setzen Lesefaulheit und »funktionalen Analphabetismus« auf das Konto des Fernsehens. Wie kommt es dann aber, daß die Buchproduktion in den USA ständig wächst? 1963 kamen 20000 neue Titel auf den Markt; 1986 waren es 50000 – das sind viermal soviel wie in Frankreich, wo man sich gern mit seiner Buchkultur brüstet. Jeden Tag werden in den USA mehr als eine Million Bücher verkauft. Bei einer Erhebung im Jahre 1983 bezeichneten sich 47 Prozent der Amerikaner als Bücherleser (unter den Westdeutschen sind es 40 Prozent); ein Drittel davon hatte im voraufgegangenen Halbjahr 24 oder mehr Bücher gelesen. Ist vielleicht das Niveau der Lektüre gesunken? Auch diese oft gehörte Behauptung läßt sich empirisch nicht belegen. Alle Anzeichen deuten vielmehr darauf hin, daß sich der Geschmack des Publikums kaum geändert hat:

1944 stand »I Never Left Home«, die Autobiographie des Schauspielers Bob Hope, an der Spitze der Bestsellerliste; 1986 nahm »Fatherhood« aus der Feder des schwarzen Schauspielers Bill Cosby den gleichen Platz ein.

Nur eines ist tatsächlich anders geworden: Der Leser auch des billigsten Groschenromans muß die Phantasie aufbringen, sich seine Helden persönlich vorzustellen. Diese Anstrengung nehmen ihm Film und Fernsehen ab. Sie haben eine Scheinwelt geschaffen, in der es sich ohne geistige Unkosten bequem leben läßt. Zugleich haben sie eine neue Art von Berühmtheit erzeugt, von der Andy Warhol nicht zu Unrecht annahm, jeder könne ihrer für die Dauer einer Viertelstunde teilhaftig werden. Als Schriftsteller war Arthur Miller ein respektierter Mann. Eine für die Medien interessante *celebrity* wurde er erst, nachdem er Marilyn Monroe geheiratet hatte. Das charakteristische Kennzeichen der *celebrity* ist, daß es nicht auf ihre Leistung ankommt; ihr bloßes Dasein ist *news*. »Der Amerikaner«, schreibt der Historiker Daniel Boorstin, »lebt in einer Welt, in der die Phantasie realer ist als die Realität und das Abbild einen höheren Rang hat als das Original.« Mehr sein als scheinen – mit dieser altpreußischen Lebensregel kann man in Berlin (New Jersey) und Potsdam (New York) wenig anfangen.

Amerikaner und Deutsche

Wir Deutsche sind empfindliche Leute. Uns fehlt das dicke Fell der Engländer und Franzosen, die Kritik aus dem Ausland entweder gar nicht oder mit Gleichmut zur Kenntnis nehmen. Als im Dezember 1986 die Tageszeitung »USA Today« eine Umfrage nach den »Freunden Amerikas« veröffentlichte, in der die Bundesrepublik mit keinem Wort erwähnt wurde, gab es in der deutschen Presse entsetzte Kommentare und aufgebrachte Leserbriefe. Daß es mit einer Statistik, in der zwar Chinesen, Ägypter, Türken und Südafrikaner, nicht jedoch die Deutschen vorkommen, eine besondere Bewandtnis haben mußte, ging in der allgemeinen Erregung unter. Wenig später stellte »USA Today« klar, daß sich die Umfrage auf elf ausgewählte Länder beschränkt hatte, zu denen Deutschland nicht gehörte. Mit andern Worten: Da nach den Deutschen nicht gefragt war, hatte sich auch keiner zu ihnen geäußert.
Der Vorfall illustriert auf anschauliche Weise, wie wenig gefestigt unser Selbstbewußtsein ist. Im Austeilen von Tadel gegenüber Amerika selbst nicht gerade zimperlich, zucken wir zusammen, wenn die Amerikaner einmal den Spieß umkehren und uns mit Liebesentzug drohen. Dabei kann gar kein Zweifel daran bestehen, daß sich die Beziehungen zwischen beiden Völkern in den letzten zwanzig Jahren außerordentlich entspannt haben. Das nach dem Krieg weithin verbreitete Mißtrauen gegenüber der Verläßlichkeit der demokratischen Gesinnung der Deutschen ist völlig verschwunden. Auch wenn im Fernsehen gelegent-

lich noch ein angejahrter *B-movie* zu sehen ist, in dem ein brutaler, specknackiger Wehrmachtsfeldwebel von findigen GIs übertölpelt wird – die Rolle des Kino-Bösewichts vom Dienst haben längst die Russen übernommen. Daß die Gangster in amerikanischen Filmen deutsche Wagen fahren, ist keineswegs bedenklich, sondern im Gegenteil die beste Reklame, die sich Mercedes und BMW wünschen können.

Die erfreuliche Entwicklung des Deutschland-Bildes läßt sich auch an den Umfragen ablesen, die in regelmäßigen Abständen unter Amerikanern veranstaltet werden. Wer sich von dem pseudogelehrten Fachchinesisch und Sprachmonstern wie »motivationale Bedingungen« oder »kognitiver Vorstellungsraum« nicht abschrecken läßt, der findet eine nützliche Zusammenstellung dieser Umfragen in einem 1986 erschienenen Buch: »Amerikaner über Deutschland und die Deutschen« von Kurt Stapf, Wolfgang Stroebe und Klaus Jonas. Aus diesem historischen Abriß geht hervor, daß die uns unmittelbar nach dem Kriege zugeschriebenen Eigenschaften – »extrem nationalistisch«, »aggressiv« und so weiter – wieder den traditionellen Klischees – »fleißig«, »tüchtig«, »wissenschaftlich orientiert« – Platz gemacht haben. Bei einer Umfrage im Jahre 1970 unter Studenten der Columbia University wurden Engländer und Deutsche als die beiden Völker genannt, die den Amerikanern am ähnlichsten seien. Eine neuere Erhebung unter Studenten an zwölf amerikanischen Hochschulen ergab, daß man uns für intelligenter hält als die Italiener, für frömmer als die Schweden, für leidenschaftlicher als die Russen und für weniger arrogant als die Franzosen. Mehr kann man eigentlich nicht verlangen.

Bei der letzten Volkszählung im Jahre 1980 gaben 28,8 Prozent der Haushaltsvorstände an, von deutschen Vorfahren abzustammen. Damit steht Deutschland noch vor Irland (24,4 Prozent) und England (22,3 Prozent) an der Spitze aller Einwanderungsländer. Unter den beliebtesten Reiseländern der Amerikaner belegt die Bundesrepublik nach Mexiko, der Karibik und Großbritannien, aber vor Frankreich und Italien mit 1,2 Millionen Besuchern (1987) den vierten Platz. Für die touristische Attraktivität Deutschlands läßt sich eine ganze Latte von Gründen anführen: der Rhein, das Bier, Rothenburg, Oberammergau, aber auch die Ahnenforschung – der Besuch der Stätten, von denen die Altvorderen einst aufbrachen, um in der Neuen Welt ihr Glück zu machen.

Gewiß, da ist der Holocaust. Die Verbrechen an den Juden bleiben eine Hypothek, mit der die deutsche Politik auch in Zukunft rechnen muß. Aber nicht einmal der Jüdische Weltkongreß würde auf den Gedanken kommen, die Deutschen von heute für die Untaten der Nazis verantwortlich zu machen. Im Gegenteil: Ronald Reagans umstrittener Besuch auf dem Soldatenfriedhof von Bitburg hat gerade unter den jüdischen Organisationen die Einsicht gefördert, daß die Mumifizierung der Vergangenheit nicht sinnvoll ist und daß es sich empfiehlt, mit der Bundesrepublik stärker ins Gespräch zu kommen. Ohne daß dies beabsichtigt war, hat Bitburg wie ein Lackmuspapier die chemische Zusammensetzung der deutsch-amerikanischen Beziehungen sichtbar werden lassen. Deutlich wurde bei dem Friedhofsbesuch zweierlei – zum einen, daß die Administration in Washington bereit war, sich über die Ressentiments bestimmter Wählergruppen hinwegzusetzen, um die Deutschen nicht vor den Kopf zu stoßen, und zum anderen, daß die amerikanische Bevölkerung nach anfänglichem Zögern bereit war, ihrer Regierung auf diesem Wege zu folgen: Während Umfragen zunächst eine – mäßige (52 zu 44 Prozent) – Mehrheit gegen den Friedhofsbesuch anzeigten, glichen sich im Verlauf der Deutschland-Reise Präsident Reagans Pro- und Contra-Stimmen aus. Drei Monate später hatten nur noch 32 Prozent der Befragten eine Meinung zu der Affäre, das heißt: Für die weitaus meisten Amerikaner war die Sache erledigt.

Vor zehn Jahren noch hätte ein Streit wie jener der deutschen Historiker über die Vergleichbarkeit des Holocaust mit anderen Völkermorden in Amerika sofort den Verdacht geweckt, hier seien Unbelehrbare am Werk, die die deutsche Schuld verniedlichen wollten. Statt dessen wurde die Diskussion, soweit man überhaupt von ihr Notiz nahm, objektiv dargestellt, wenn auch die Kommentatoren an ihrer Sympathie für Habermas und seine Mitstreiter, die auf der geschichtlichen Einzigartigkeit der Vernichtungslager bestehen, keinen Zweifel ließen. Aber die Kritik an der Gegenpartei wurde maßvoll vorgebracht – ebenso maßvoll wie die Vorbehalte gegenüber dem Fernsehfilm »Heimat« und der neuerdings in Mode gekommenen »Alltagsgeschichte«: Amerikanische Historiker sehen hier eine schleichende Tendenz am Werk, das Anstößige – sprich: den Holocaust – aus der deutschen Geschichte zu verdrängen.
Ob umgekehrt die amerikanischen Medien nicht allzu stark auf die Nazizeit fixiert sind – diese Frage wurde im Oktober 1987 auf einem deutsch-amerikanischen Symposium in Los Angeles gestellt. Der Chef der Nachrichtenredaktion der »Los Angeles Times« räumte freimütig ein, daß Geschichten aus dem Zweiten Weltkrieg bei der Leserschaft besonders dankbare Aufnahme finden. Los Angeles sei schließlich nach New York die amerikanische Stadt mit der größten jüdischen Bevölkerung. Tatsächlich handelt es sich hier um ein Phänomen, das weniger für das ganze Land als für einige große Städte charakteristisch ist. Nicht zufällig liegen die vier Holocaust-Museen, die derzeit geplant oder schon im Bau sind, in New York, Los Angeles, Washington und Detroit. Daraus den Schluß zu ziehen, die deutsch-amerikanischen Beziehungen würden immer noch vom Zweiten Weltkrieg überschattet, wäre jedoch falsch.
Wo Kritik an den Deutschen laut wird, richtet sie sich gegen ihre angeblich unzureichenden Verteidigungsanstrengungen und das Liebäugeln mit neutralistischen Gedankengängen, für die es bei den Sozialdemokraten und Grünen ja auch

reichlich Belege gibt. Daß die Deutschen *soft on the Russians*, nicht fest genug gegenüber der Sowjetunion, seien, »ein ruheloses Volk, das seinen Platz in der Welt noch nicht gefunden hat«, ist eine Ansicht, die man vor allem unter konservativen Amerikanern findet. Das Hin und Her um den Besuch Erich Honeckers in der Bundesrepublik löste eine Reihe besorgter Zeitungskommentare aus, in denen die Frage gestellt wurde, ob die Deutschen noch als vollgültige Mitglieder der atlantischen Gemeinschaft anzusehen seien oder ob ihre moralische Finnlandisierung nicht längst begonnen habe. Da die derzeitige Bundesregierung zu Zweifeln an ihrer Bündnistreue wenig Anlaß bietet, spielt diese Art von Kritik im Augenblick nur eine untergeordnete Rolle. Im Falle eines Machtwechsels in Bonn würde es freilich einiger Anstrengungen bedürfen, um den deutsch-amerikanischen Zug vor dem Entgleisen zu bewahren.

Die ersten Wolken am diplomatischen Horizont zogen vor gut hundert Jahren auf. Bis dahin waren die Begegnungen zwischen beiden Ländern ungewöhnlich harmonisch verlaufen. Der Beitrag der deutschen Einwanderer wurde dankbar anerkannt. Neben Washington und Lafayette war es in erster Linie dem Drillmeister der amerikanischen Armee, dem preußischen Hauptmann Friedrich Wilhelm von Steuben, zu danken, daß die dreizehn rebellischen Kolonien aus dem Unabhängigkeitskrieg als Sieger hervorgingen. Der Metzgerssohn Johann Jacob Astor aus Walldorf bei Heidelberg war der erste *self-made man* Amerikas: Durch Pelzhandel und Bodenspekulationen wurde er zum reichsten Mann des Landes. Überaus erfolgreich waren auch der Ingenieur Johann Augustus Roebling, dem New York die Brooklyn Bridge verdankt, die Bierbrauer Eberhard Anheuser und Adolphus Busch, die die Amerikaner mit »Budweiser« versorgten, und der aus Bayern eingewanderte Levi Strauss: Seine »Levis«, die Arbeitshosen für die kalifornischen Goldgräber, erwiesen sich rasch als Schlager der Textilindustrie. Nach dem Zweiten Weltkrieg eroberten die »Jeans« – ein etymologisch bis heute nur unzureichend geklärter Name, den der alte Strauss verabscheute – auch die Städte: Wenn es so etwas gibt wie eine amerikanische Nationaltracht, so sind sie es.

Nach der gescheiterten Revolution von 1848 suchten Hunderttausende von enttäuschten Demokraten Zuflucht in Amerika. Verglichen mit dem voraufgegangenen Jahrzehnt, verdoppelte sich in den fünfziger Jahren die Zahl der deutschen Einwanderer: Zwischen 1841 und 1850 waren 435000 ins Land gekommen;: zwischen 1851 und 1860 waren es 950000. Zu ihnen gehörten Carl Schurz, Heinrich Steinweg und »der rote« Friedrich Hecker, dessen »Hecker-Lied« damals jedem Kind geläufig war:

»Wenn die Leute fragen:
Lebt der Hecker noch?
So sollt ihr ihnen sagen:
Ja, er lebet noch.
Er hängt an keinem Baume,
er hängt an keinem Strick,
sondern an dem Traume
der deutschen Republik.«

Hecker und Schurz brachten es in Amerika zum Generalsrang; im Bürgerkrieg befehligten sie Einheiten der Union. Unter Präsident Hayes (1877–81) war Schurz amerikanischer Innenminister. Heinrich Steinweg nannte sich Henry Steinway; er ist der Stammvater der weltberühmten New Yorker Klavierfabrik.

Auch eine Reihe amerikanischer Künstler kam aus Deutschland. Zu ihnen gehören Emanuel Leutze, dessen Gemälde »Washingtons Übergang über den Delaware« das am häufigsten reproduzierte amerikanische Bild sein dürfte, Albert Bierstadt, der Maler des Wilden Westens, und Thomas Nast, der den Amerikanern nicht nur die Wappentiere der beiden großen Parteien – Esel und Elefant – schenkte, sondern auch den Inbegriff des Weihnachtsfestes: *Santa*

Claus. Zwischen 1863 und 1887 zeichnete Nast in »Harper's Weekly« den Weihnachtsmann alljährlich so, wie man sich in seiner badischen Heimat Knecht Ruprecht vorstellte und wie ihm die amerikanischen Kinder seitdem entgegenfiebern – als gutmütigen *sugar daddy* mit weißem Bart und rotem Mantel, der ihnen Geschenke in die Strümpfe stopft.

Der Weihnachtsmann, das Bier, die Turnhallen und Gesangsvereine – die deutschen Sitten und Gebräuche wurden von den Amerikanern enthusiastisch aufgenommen. »Wir haben keine nützlicheren Bürger«, heißt es in einem Runderlaß von Außenminister Buchanan aus dem Jahre 1848. Die deutschen Universitäten wurden bewundert und nachgeahmt. In den drei deutschen Einigungskriegen von 1864, 1866 und 1870/71 sah man Pendants zum amerikanischen Bürgerkrieg; Bismarck galt vielen als der deutsche Lincoln. Daß sich das preußische Außenministerium sofort auf die Seite der Union gestellt hatte und die Kriegsanleihen der Treasury nirgendwo so reißenden Absatz fanden wie in Deutschland, verstärkte das günstige Bild. »Die Einigung der deutschen Staaten«, erklärte Präsident Grant im Februar 1871, »unter einer Regierungsform, die in vieler Hinsicht der amerikanischen ähnelt, ist ein Ereignis, welches das amerikanische Volk nicht anders als mit tiefer Sympathie erfüllen kann.« Grant war es auch, der Kaiser Wilhelm I. bat, im Streit mit England über den Verlauf der kanadischen Grenze die Rolle des Schiedsrichters zu übernehmen. Im Oktober 1872 bestätigte der Kaiser, daß der britisch-amerikanische Vertrag von 1846 die Rechtsauffassung Washingtons stütze.

Zu ersten Reibungen kam es, als die Vereinigten Staaten 1875 den Import von Zucker zollpflichtig machten und das Deutsche Reich vier Jahre später umfassende Schutzzölle einführte. Die gegenseitigen Vorwürfe nahmen so unerfreuliche Formen an, daß Bismarck auf der Abberufung des amerikanischen Gesandten Sargent bestand, der obendrein den

Fehler begangen hatte, allzu intime Beziehungen zur parlamentarischen Opposition zu unterhalten. Unter Bismarcks Nachfolger Caprivi konnte der Konflikt zwar vorübergehend entschärft werden. 1894 stand man jedoch wieder da, wo man vorher gewesen war: Nachdem der *Wilson-Gorman Tariff Act* den Zucker-Zoll nicht nur wiedereingeführt, sondern sogar erhöht hatte, wurde amerikanisches Rindfleisch an der deutschen Grenze wegen Verseuchung durch das »Texas-Fieber« zurückgewiesen – eine Krankheit, von der kein amerikanischer Veterinär je etwas gehört hatte.

Ein zweiter Konfliktherd kam hinzu: Auf ihrer Suche nach Einflußgebieten stießen die beiden jungen Großmächte in der Südsee zusammen, und zwar in Samoa, an dem auch England Interesse zeigte. Die drei Mächte verbündeten sich mit rivalisierenden Häuptlingen und suchten mit Hilfe ihrer Strohmänner die Alleinherrschaft an sich zu reißen. Im Frühjahr 1889 strebte der seit 1878 unentschieden hin- und herwogende Operettenkrieg seinem Höhepunkt zu: Alle Parteien hatten Kriegsschiffe in den Hafen von Apia entsandt, und es sah ganz so aus, als werde es zu einer Seeschlacht kommen. Glücklicherweise vernichtete ein Orkan die deutsche und die amerikanische Flotte; nur ein britischer Kreuzer überstand das Unwetter. Im Juni des gleichen Jahres einigten sich die drei Konkurrenten in Berlin auf ein »Tridominat«, die gemeinsame Oberherrschaft über das Archipel. Diese Lösung erwies sich jedoch als nicht dauerhaft. Erst zehn Jahre später, im November 1899, gelang es, den Streit aus der Welt zu schaffen: England verzichtete auf seine Ansprüche; die Inselgruppe wurde zwischen Amerika und Deutschland geteilt.

Um ein Haar wären Deutsche und Amerikaner auch auf den Philippinen aneinandergeraten: 1898 berichtete der deutsche Konsul in Manila nach Berlin, die einheimischen Insurgenten seien nicht abgeneigt, einen deutschen Prinzen zum König auszurufen. Der Kaiser ließ sich das nicht zweimal sagen und schickte als Zeichen des deutschen Inter-

esses ein Geschwader unter Vizeadmiral von Diederichs nach Manila. Zwar stellte Diederichs sehr rasch fest, daß die Rebellen nicht die mindeste Absicht hatten, die spanische Herrschaft, die sie soeben losgeworden waren, gegen eine deutsche einzutauschen. Dennoch machte der Flottenbesuch in Amerika viel böses Blut, da man dort die Philippinen nach dem Sieg über Spanien als Kriegsbeute für sich selbst beanspruchte.
Obgleich sich Wilhelm II. größte Mühe gab, Präsident Theodore Roosevelt günstig zu stimmen, konnte er nicht verhindern, daß seine großspurigen Reden und exzentrischen Auftritte in der amerikanischen Presse mit Mißtrauen beobachtet wurden. Im August 1908 ließ sich der Kaiser von der »New York Times« interviewen. In dem Gespräch attakkierte er Roosevelts designierten Nachfolger Taft und die amerikanischen Katholiken; außerdem kündigte er einen baldigen Krieg mit England an, das durch sein Bündnis mit Japan die weiße Rasse verraten habe. Der Herausgeber der »New York Times« fand die allerhöchsten Auslassungen bedenklich genug, um den Präsidenten im Weißen Haus aufzusuchen und ihm das Interview vorzulegen. Roosevelt war entsetzt und bat dringend, es nicht zu drucken. So geschah es. Der Eklat blieb dem Deutschen Reich jedoch nur vorübergehend erspart. Die Redakteure des »Daily Telegraph« waren weniger diplomatisch als ihre amerikanischen Kollegen: Als ihnen der Kaiser drei Monate später ein ähnlich offenherziges Interview gewährte, zögerten sie nicht, es zu veröffentlichen – mit den bekannten Folgen.
Als der Erste Weltkrieg ausbrach, stand keineswegs fest, daß die USA auf Seiten der Entente in den Krieg eintreten würden. Präsident Wilson versicherte in nicht weniger als zehn Erklärungen, sein Land werde neutral bleiben. In Paris, London und Petersburg übernahm die amerikanische Botschaft bereitwillig den Schutz der deutschen Interessen. Dennoch gab es schon im Winter 1914 deutliche Anzeichen dafür, daß die Mehrheit der Amerikaner mit der Entente sympathi-

sierte. Der Einmarsch in das neutrale Belgien, die Versenkung des britischen Passagierdampfers »Lusitania«, bei der 128 Amerikaner den Tod fanden, und die Spionagetätigkeit des deutschen Militärattachés in Washington, Franz von Papen, schadeten dem Ansehen der Mittelmächte sehr. Den Ausschlag für Amerikas Kriegseintritt gaben schließlich zwei Faktoren: die Wiederaufnahme des unbeschränkten U-Boot-Krieges durch die deutsche Flotte und das vom britischen Geheimdienst abgefangene »Zimmermann-Telegramm«, in dem die Reichsregierung Mexiko ein Bündnis anbot mit der Zusicherung, Kalifornien, Texas und die übrigen verlorenen Provinzen ihrem ursprünglichen Eigentümer zurückzugeben.

Psychologisch gesehen, bedeutete der Erste Weltkrieg für die deutsch-amerikanischen Beziehungen womöglich einen noch tieferen Einbruch als der Zweite. Nicht nur wurde der »Hamburger« in *Salisbury steak* umgetauft und das Sauerkraut in *liberty cabbage* – die Deutsch-Amerikaner selbst bemühten sich, ihre Herkunft, so gut es ging, zu vertuschen. Das *German Hospital* in New York verwandelte sich in das *Lenox Hill Hospital*, die *German Savings Bank* in die *Central Savings Bank*. Die Deutschen, die in der amerikanischen Politik noch nie großen Einfluß ausgeübt hatten, verschwanden als Gruppe völlig von der Bildfläche. Auch wenn wir heute im Kongreß Namen wie Schaefer, Schroeder, Schulze, Gephardt und Metzenbaum, Hammerschmidt und Sensenbrenner finden – von einer deutschen Lobby etwa nach Art der jüdischen kann keine Rede sein.

Nach Kriegsende erwärmten sich die deutsch-amerikanischen Beziehungen wieder sehr rasch. Da die USA den Versailler Vertrag nicht unterschrieben hatten, standen sie dem Streit um seine Auslegung und Erfüllung unparteiisch gegenüber. Binnen kurzem wurde Washington zum wichtigsten Verbündeten der Reichsregierung bei ihren Versuchen, die Last der Reparationen zu mindern. Es waren amerikanische Politiker und Wirtschaftsführer wie Charles Dawes,

Owen Young und Herbert Hoover, die – meist gegen den erbitterten Widerstand der Franzosen – erträglichere Zahlungsraten und schließlich ein Moratorium durchsetzten.
Auch nach 1933 blieb das deutsch-amerikanische Verhältnis zunächst korrekt. Präsident Franklin D. Roosevelt – dessen Regierungszeit sich mit der Adolf Hitlers übrigens fast auf den Tag deckt – stand dem Nationalsozialismus von Hause aus keineswegs ablehnend gegenüber. Als die Reichsregierung am 16. März 1935 die allgemeine Wehrpflicht wiedereinführte, wodurch sie nicht nur offen gegen den Versailler Vertrag, sondern auch gegen den Berliner Vertrag mit den USA verstieß, entwarf das *State Department* zwar eine Protestnote, schickte sie jedoch nicht ab. Die zunehmende Entrechtung der Juden und der massenhafte Zustrom deutscher Emigranten ließ allerdings am Charakter des »Dritten Reiches« immer weniger Zweifel zu. Nach der »Kristallnacht« rief Roosevelt den amerikanischen Botschafter aus Berlin zurück. Die Wilhelmstraße zog nach: Drei Jahre lang, bis zum Kriegseintritt der USA, wurden die diplomatischen Beziehungen zwischen beiden Ländern von Geschäftsträgern wahrgenommen.
Dabei hätte Roosevelt den Nazis in gewisser Weise sogar dankbar sein müssen. Nie zuvor hatte Amerika eine Einwanderungswelle von vergleichbarem intellektuellem Kaliber erlebt; in ihrer Bedeutung für das amerikanische Geistesleben wurde sie allenfalls von der Ankunft der Pilgerväter übertroffen. Physiker wie Albert Einstein, Hans Bethe und Edward Teller, Philosophen wie Theodor Adorno, Hannah Arendt, Herbert Marcuse und Erich Fromm, Schriftsteller wie Thomas und Heinrich Mann, Bert Brecht, Alfred Döblin, Franz Werfel und Lion Feuchtwanger, Psychologen wie Erik Erikson, Bruno Bettelheim, Wilhelm Reich und Karen Horney, die Architekten Walter Gropius und Ludwig Mies van der Rohe, die Maler Hans Hofmann und Josef Albers, die Komponisten Arnold Schönberg, Paul Hindemith und Kurt Weill, die Dirigenten Bruno Walter,

Otto Klemperer und Georg Szell, die Theater- und Filmregisseure Max Reinhardt, Erwin Piscator, Fritz Lang, Otto Preminger und Billy Wilder – sie und viele andere fanden in Amerika eine neue Heimat. Kein Wunder, daß man das Los Angeles der dreißiger und vierziger Jahre mit dem Florenz der Renaissance verglichen hat. »Hitler ist mein bester Freund«, kommentierte Walter Cook, der Direktor des Instituts für Kunstgeschichte an der *New York University*, den Zustrom deutscher Gelehrter. »Er schüttelt den Baum, und ich sammle die Äpfel ein.«

Von diesen Äpfeln sind inzwischen nicht mehr viele übrig geblieben. Gewiß, es gibt eine zweite Generation: Emigranten, die als Kinder ins Land kamen; einige von ihnen - wie Henry Kissinger, der Bankier Felix Rohatyn, die Sex-Therapeutin Ruth Westheimer oder der Chefredakteur der »New York Times« Max Frankel – spielen im öffentlichen Leben Amerikas eine bedeutende Rolle. Aufs Ganze gesehen, ist jedoch das geistige Deutschland im amerikanischen Bewußtsein weit weniger präsent als vor zwanzig oder dreißig Jahren. Was der Durchschnittsamerikaner kennt und respektiert, ist der verläßliche Bundesgenosse und der Exporteur hochwertiger Automobile und Elektrogeräte. Auf den Rest ist er nicht sonderlich neugierig: »Deutschland ist ein ziemlich langweiliges Land« – mit diesen Worten setzte sich auf dem erwähnten Symposium in Los Angeles ein NBC-Redakteur gegen den Vorwurf zur Wehr, die amerikanischen Medien nähmen von der Bundesrepublik nur unzureichend Notiz. Ein kalifornischer Professor für Journalistik ergänzte, die Deutschen sollten froh sein, daß die Presse von ihnen kein Aufhebens mache; als Deutschland »interessant« gewesen sei, habe es die Welt das Fürchten gelehrt.

Nicht in der fehlenden Sympathie der Amerikaner liegt das Problem der deutsch-amerikanischen Beziehungen, sondern in ihrer mangelhaften Kenntnis unseres Landes. Trotz des Touristenstroms und trotz der 250000 GIs, die in der Bundesrepublik stationiert sind, beschränkt sich das Wissen von deutscher Geschichte und Gegenwart auf einen kleinen Kreis von Eingeweihten. Längst dahin sind die Zeiten, wo in den *high schools* Deutsch als erste Fremdsprache gelehrt wurde. Heute ist es hinter Spanisch und Französisch auf den dritten Platz gerutscht. Vier- bis fünftausend amerikanische Bücher werden jährlich ins Deutsche übersetzt; umgekehrt sind es, wenn es hochkommt, 150. Eine Umfrage unter amerikanischen Studenten vor ein paar Jahren ergab haarsträubende Bildungslücken: Daß 25 Prozent der Befragten glaubten, Berlin sei die Hauptstadt der Bundesrepublik, und nur 20 Prozent auf Bonn tippten, mag noch hingehen. Daß aber 13 Prozent die Bundesrepublik für eine konstitutionelle Monarchie hielten, 18 Prozent Bruno Kreisky für den deutschen Bundeskanzler und 24 Prozent Werner von Siemens für einen Philosophen – das gibt zu denken.

Was ist zu tun? Sollen wir uns damit zufrieden geben, daß der Export floriert und daß sich die Wolken, die einst den politischen Horizont verdüsterten, wieder verzogen haben? Ein Deutschland-Bild, das zwischen den Eckwerten Beethoven, Bier, BMW und Boris Becker oszilliert, ist ja so schlecht nicht. Eines steht fest: Wer sich anschickt, die Weltkenntnis der Amerikaner zu erweitern, der traut sich eine Aufgabe zu, die der Größe ihres Landes in nichts nachsteht.

Bibliographische Hinweise

Das nachfolgende Verzeichnis ist, wie es bei der unendlichen Fülle an Gedrucktem gar nicht anders sein kann, lückenhaft und subjektiv. Ich nenne hier in erster Linie diejenigen Bücher, die mir bei meiner Arbeit am meisten geholfen haben.

Das klassische Buch über Amerika, Alexis de Tocquevilles *De la Démocratie en Amérique* (1835–40), ist immer noch lesenswert. Zwar in vielen Einzelheiten überholt, enthält es eine Fülle geistvoller Beobachtungen, die nichts von ihrer Aktualität verloren haben. Deutsche Übersetzungen sind im Manesse Verlag sowie auch als Taschenbuch (dtv 2135) greifbar. Die neueren deutschen Gesamtdarstellungen stammen – wie auch dieses Buch – von Journalisten. Am tiefsten schürft Herbert von Borch, jahrzehntelang Korrespondent der »Welt« und der »Süddeutschen Zeitung« in Washington. Sein *Amerika – Dekadenz und Größe* (1981, Fischer-TB 3495) bezieht sein Material freilich aus den sechziger und siebziger Jahren, gibt also nicht den allerneuesten Stand wieder. Am elegantesten geschrieben ist *Der fremde Freund* (Stuttgart 1982), von Klaus Harpprecht; er nähert sich seinem Gegenstand historisch. Als impressionistisch könnte man dagegen Dieter Kronzuckers Vorgehen bezeichnen; sein Bestseller *Unser Amerika* (Hamburg 1987) ist eine leicht überarbeitete Anthologie seiner Fernseh-Reportagen. Von zwei britischen Journalisten, Edmund Fawcett und Tony Thomas, stammt *The American Condition* (New York 1982, dt. *Die Amerikaner heute*).

Unter den älteren Darstellungen der politischen Geschichte Amerikas ist *The American Political Tradition* von Richard Hofstadter (New York 1948) noch immer die beste. Hofstadter hält sich nicht mit Nebensächlichkeiten auf, sondern arbeitet, meist festgemacht an einer überragenden Persönlichkeit, die entscheidenden Wendepunkte scharf heraus. Noch älter, aber immer noch packend zu lesen, sind zwei Klassiker der amerikanischen Geschichtsschreibung: Frederick Jackson Turners Vortrag *The Frontier in American History* (Washington 1894, dt. *Die Grenze*) und Charles A. Beards *An Economic Interpretation of the Constitution of the United States* (New York 1913, dt. *Eine ökonomische Interpretation der amerikanischen Verfassung*). Unlängst hat der liberale Historiker Arthur Schlesinger die großen Linien der politischen Geschichte seines Landes noch einmal nachgezeichnet. Seine Essay-Sammlung *The Cycles of American History* (Boston 1986) behandelt den jahrhundertealten Kampf zwischen Präsident und Kongreß, zwischen Konservativen und Liberalen, zwischen Imperialismus und Kreuzzugsideologie, in dem einmal die eine, einmal die andere Seite das Feld behauptete.

Wer sich über die Nachkriegsgeschichte der USA auf ebenso kurzgefaßte wie leserfreundliche Weise orientieren will, ist mit *The Unfinished Journey* von William H. Chafe (Oxford/New York 1986) gut bedient. Chafe behandelt nicht nur die außen- und innenpolitischen Entwicklungen, sondern versucht auch, die Veränderungen der amerikanischen Gesellschaft in den letzten vier Jahrzehnten auf den Begriff zu bringen (im Anhang Literaturhinweise). Mit Ronald Reagan befassen sich kritisch Garry Wills, *Reagan's America, Innocents at Home* (New York 1987) und David Stockman, *The Triumph of Politics* (New York 1986, dt. *Der Triumph der Politik*). Während Wills Reagans Regierungsstil mit seiner Herkunft aus dem Showbusiness erklärt – ein Kapitel trägt die bezeichnende Überschrift »Hollywood on the Potomac« –, rechnet Stockman, Reagans erster Budgetdirektor, vor allem mit der Wirtschaftspolitik seines ehemaligen Chefs ab. Den Einfluß der Konservativen auf das Weiße Haus beschreibt Sidney Blumenthal, *The Rise of the Counter-Establishment* (New York 1986). Wie sich die Machtkämpfe in Washington abspielen, können wir dem monumentalen Werk von Hedrick Smith, *The Power Game – How Washington Works* (New York 1988), entnehmen. Auf nahezu 800 Seiten beschreibt Smith, einer der Koautoren der »Pentagon Papers«, dem wir auch das beste Buch über die Russen verdanken, die Regeln des vom Ausland bestaunten Mysterienspiels, in dem Kapitol, Administration und Lobbies mit- und gegeneinander um die Durchsetzung ihrer Ziele ringen.

Über Amerikas Zukunft macht sich der Historiker Paul Kennedy Sorgen. In *The Rise and Fall of the Great Powers* (New York 1987) will er anhand geschichtlicher Analogien beweisen, daß Amerikas weltpolitischer Einfluß seinen Zenit überschritten hat. Nicht mit Beispielen aus der Geschichte, sondern durch Fortrechnung von Statistiken sucht David R. Young (Hrsg.), *America in Perspective – Major Trends in the United States trough the 1990s* (Boston 1986) die politischen, wirtschaftlichen und sozialen Entwicklungen in den USA vorauszusagen.

Die verschiedenen Volksgruppen, ihre Geschichte und ihre Rolle in der amerikanischen Gesellschaft sind in *Ethnic America* von Thomas Sowell (Oxford/New York 1980) übersichtlich zusammengestellt. Einen wichtigen Anstoß zum »ethnic revival« in den sechziger und siebziger Jahren gab *Beyond the Melting Pot* von Nathan Glazer und Daniel P. Moynihan (Boston 1963). Über die Juden und ihren politischen Einfluß unterrichten Charles E. Silberman, *A Certain People – American Jews and their Lives Today* (New York 1985) und Edward Tivnan, *The Lobby – Jewish Political Power and American Foreign Policy* (New York 1987). Die Schwankungen in der amerikanischen Einwanderungspolitik und die neuen Einwanderer aus Asien und Lateinamerika beschreiben Nathan Glazer (Hrsg.), *Clamor at the Gate – The New American Immigration* (San Francisco 1986) und Donata Elschenbroich, *Eine Nation von Einwanderern* (Frankfurt a. M. 1986, mit Literaturhinweisen).

Die beste Einführung in die Entwicklung der christlichen Religionen in Amerika bieten Sidney E. Ahlstrom, *A Religious History of the American People* (New Haven 1972) und Winthrop S. Hudson, *Religion in America* (New York/London 4. erw. Aufl. 1987). Die bekannteren Sekten werden in Bob Larsons *Book of Cults* (Wheaton, Illinois, 1982) knapp, aber treffend vorgestellt. Die Debatte über Qualität und Zukunft des amerikanischen Bildungswesens hat eine kaum noch überschaubare Bücherflut gezeugt. Zu nennen sind vor allem Diane Ravitch, *The Troubled Crusade – American Education 1945–1980* (New York 1983) und Beatrice and Ronald Gross (Hrsg.), *The Great School Debate – Which Way for American Education?* (New York 1985). Klagen über das niedrige geistige Niveau in Amerika sind freilich alles andere als neu. Schon Richard Hofstadter schlug in *Anti-Intellectualism in American Life* (New York 1962) ein Thema an, das Allan Bloom in *The Closing of the American Mind* (New York 1987, dt. *Der Niedergang des amerikanischen Geistes*) wiederaufnahm. Das Erstaunliche an Blooms mehr originellem als überzeugendem Buch – ein Beispiel: für den Verfall der Allgemeinbildung in Amerika macht er Nietzsche haftbar – ist, daß es sich monatelang an der Spitze der Bestseller-Liste behauptete. Offenkundig spüren viele Amerikaner, daß es mit ihrem Erziehungswesen nicht zum besten steht.

Ebenso wie Blooms Philippika ist auch *The Lonely Crowd* von David Riesman, Reuel Denney und Nathan Glazer (New Haven 1950, dt. Die einsame Masse) von vielen amerikanischen Soziologen als unwissenschaftlich angegriffen worden. Trotzdem enthält das Buch brillante Einsichten in die gesellschaftlichen Zwänge des angeblich so unabhängigen und freien amerikanischen Lebens. Über den Konformismus der amerikanischen Oberschicht hatte sich bereits Thorstein Veblen in seinem klassischen Buch *The Theory of the Leisure Class* (New York 1899, dt. *Theorie der feinen Leute*) lustig gemacht. Die Ängste der von sexuellen und religiösen Tabus befreiten Gesellschaft schildert Christopher Lasch in *The Culture of Narcissism* (New York 1979, dt. *Das Zeitalter des Narzißmus*).

Die Verdrängung des Wortes durch das Bild und das Heraufkommen einer von den »Medien« fabrizierten Scheinwelt hat als einer der ersten Daniel J. Boorstin in *The Image – A Guide to Pseudo-Events in America* (New York 1961, dt. *Das Image*) bloßgestellt. In *Amusing Ourselves to Death* (New York 1985, dt. *Wir amüsieren uns zu Tode*), rechnet Neil Postman mit der amerikanischen Vergnügungsindustrie ab. Todd Gitlin (Hrsg.), *Watching Television* (New York 1986) nimmt die Absurditäten des Fernsehens aufs Korn. Hochkomische Beispiele für den schlechten Geschmack der modernen Mediengesellschaft finden wir in Norman Corwin,

Trivializing America – The Triumph of Mediocrity (Secaucus, New Jersey, 1983).

Die geradezu religiöse Verehrung der Amerikaner für den Sport beschreibt Robert Lipsyte in *Sports World: An American Dreamland* (New York 1975). Der Aufstieg von George Herman (»Babe«) Ruth aus kleinsten Verhältnissen zum Baseball-Nationalhelden wird in einem der Essays geschildert, die Warren Susman unter dem Titel *Culture as History – The Transformation of American Society in the Twentieth Century* (New York 1973) veröffentlicht hat. Andere Essays analysieren das ambivalente Verhältnis der Amerikaner zur Stadt, zum Puritanismus und zum Wilden Westen. Ihr Verhältnis zum Alter und den modernen Jugendkult behandelt David H. Fischer, *Growing Old in America* (Oxford/New York, 2. erw. Aufl. 1978). Mit ihrer Schießfreude und ihrem Hang zur Gewalttätigkeit beschäftigt sich Rupert Wilkinson, *American Tough – The Tough-Guy Tradition and American Character* (New York 1986).

Eine klare, kurzgefaßte Darstellung der deutsch-amerikanischen Beziehungen finden wir in *The United States and Germany – A Diplomatic History* von Manfred Jonas (Ithaca, New York, 1984). Die Entwicklung des Deutschlandbildes in den USA ist Gegenstand einer Studie von Kurt Stapf, Wolfgang Stroebe und Klaus Jonas, *Amerikaner über Deutschland und die Deutschen* (Opladen 1986). Allerdings muß der Leser für das Thema schon ungewöhnliches Interesse mitbringen: Die Verfasser tun alles, um ihn durch sibyllinische Wortwahl von der Lektüre abzuschrecken.

Personen- und Sachregister